# 一个人的万物牧歌

苏先生 著

## 图书在版编目（CIP）数据

一个人的万物牧歌 / 苏先生著. -- 重庆：重庆出版社，2022.10
　　ISBN 978-7-229-17118-6

Ⅰ.①一… Ⅱ.①苏… Ⅲ.①散文集—中国—当代 Ⅳ.①I267

中国版本图书馆CIP数据核字（2022）第167856号

### 一个人的万物牧歌
### YIGEREN DE WANWU MUGE

苏先生　著

| | |
|---|---|
| 出　　品： | 华章同人 |
| 出版监制： | 徐宪江　秦　琥 |
| 责任编辑： | 朱　姝　王晓芹 |
| 特约编辑： | 陈　汐 |
| 特约策划： | 天马行坤 |
| 责任印制： | 杨　宁　白　珂 |
| 营销编辑： | 史青苗　刘晓艳 |
| 封面设计： | L&C Studio |

重庆出版集团　出版
重庆出版社
（重庆市南岸区南滨路162号1幢）
北京盛通印刷股份有限公司　印刷
重庆出版集团图书发行有限公司　发行
邮购电话：010-85869375

全国新华书店经销

开本：787mm×1092mm　1/32　印张：8.125　字数：129千
2022年10月第1版　2022年10月第1次印刷
定价：49.80元

如有印装质量问题，请致电023-61520678

**版权所有，侵权必究**

# 目录

**第一辑　家人**　　1

一下雪就回老家的兔子　　2

上集市把自己卖掉的猪　　10

软脚的小牛犊　　17

天上掉下的猫　　30

喜欢亲嘴的鸽王　　37

羊粪杏树的故事　　43

**第二辑　邻居**　　53

一直都在挨打的马　　54

寡妇家的驴　　64

吃百家饭的大黑狗　　79

挡路者马蜂　　94

坟蝶　　99

**第三辑　来客**　　111

逃离的猴子　　112

| | |
|---|---|
| 被抓错四次的鼠兔 | 118 |
| 流窜作案的黄鼠狼 | 123 |
| 打先锋的麻雀 | 127 |
| 每年到家里来一趟的蛇 | 133 |

## 第四辑 亲戚 　　　　　　　141
| | |
|---|---|
| 每天傍晚出现的羊 | 142 |
| 会哭的树 | 150 |
| 去驮水就逃跑的骡子 | 157 |

## 第五辑 私货 　　　　　　　161
| | |
|---|---|
| 借宿的鸟 | 162 |
| 戏精剧场 | 172 |

## 第六辑 他乡 　　　　　　　205
| | |
|---|---|
| 北京救猫记 | 206 |
| "流浪三雄" | 220 |
| 一条边境牧羊犬的三十条侧写 | 227 |

## 后记 　　　　　　　　　　　244
这是从我心尖上揪下来的故事

第一辑

家人

# 一下雪就回老家的兔子

这只兔子逃跑前已经怀孕了,我看见它大着肚子蹲坐在门前那条通往田间的路上,还回头看了我一眼,算是告了别,转头就蹦蹦跳跳地钻进了埂子上的冰草里。

它的上一窝孩子是六只灰兔,出生半个月后,每晚都会在惨叫一声后死掉一只,最后一只都没活下来。

我想,这只兔子肯定是对村庄失去了信任,所以想到村外的田间过余下的日子,不再想做一只家兔了。

人有时候过得泼烦[1]了还会挑一个新地方继续生活呢,兔子也有这种想法。

---

[1] 泼烦:在西北一带,多指烦躁、无聊。

秋去冬来，我们依然本本分分地在这里做人，还要给余下的几十只兔子喂食、搭窝、铺草帘子。

只要第一场雪下来，人就可以踏踏实实地在家里躺着了，季节的更替会暂时被人们自欺欺人地视而不见。谁都管不了谁，白天叫不起偷闲的万物，夜晚唤不醒酣睡的众生。

谁都无须再考虑地里一丝一毫的事情，村子外面的地都被老天爷收回去给动物们使用了。

一到这个时节，男人全部变成了酒鬼，每天凑够一桌子人就喝起酒来；女人们就天天围在炕上说话，要把这一年的憋屈都倒出来，好再去装下一年的憋屈。

荒野上的动物和家里的男人、女人都在等第一场雪，不紧不慢、不疾不徐。耐心耗干净前雪就下来了，苏庄每年的第一场雪都异常盛大，不负期待。

因为这场雪，我才有了那只怀孕的兔子的消息。它是深灰色的，我没记错的话，它是我们家的第三代兔子。第一代兔子一只浅灰一只雪白，第二代花色很多，第三代进化得很好，这得益于我弟弟这个饲养爱好者的精心喂养。

现在看来，我弟弟身上遗传了母亲对喂养动物的痴迷,还遗传了父亲在手工和建造上的天分。我们家每次主动养育生命都是弟弟拿的主意,他还曾在废弃的旧猪圈里给兔子搭了一座"城堡"呢。

旧猪圈是父亲一次失败的实验,猪圈的四周全部用水泥铺过,还设置了自动排水系统和化粪池,父亲试图实现全自动化清洁,但用水跟不上,于是猪圈还没投入使用便废弃了。而弟弟发现了这处宝地,决定用它来养兔子,后来反倒成了一道风景。

弟弟起初只是用家里闲置的青砖垒出了有各种构造的通道,有"卧室""走廊""餐厅",还搭了很多可以让兔子上蹿下跳的台阶和滑梯,挖了可以让它们钻出钻进的洞,在"卧室"里铺了干的麦草。后来弟弟不断进行改良,所有的屋舍都变成了两层的。上面的一层用铁丝网垫底,利于兔子排便;下面一层空置,排泄物全部会掉到这一层,方便清理。之后,弟弟又开了通风口,里面还开了几条近道,聪明的兔子可以直接抄近道从窝的最底下径直跑到最顶上。

刚开始,偶尔会有几个大人在路过时看兔子们在这个"迷宫"里玩,他们越看越有滋味,纷纷说这不是简单的养兔子,这是玩出了境界!再之后,有人晚上从地里回来时会给这些兔子捎一把青苗，带几颗萝卜，给一点树枝。他们把这里当成了动物园，而且不要门票。

后来，我也不知道出于什么原因，村里专门负责运砖的人从镇里的砖厂拉来了一车砖送给弟弟。于是，兔子的城堡开始了大型的升级改造，弟弟也充分发挥了自己在建筑设计上的天分和想象力，这让我倍感兴奋。这一次他用混凝土固定了某些地方，不然没法搭得很高，半个月后，一座真正的"兔子城堡"成形了。

弟弟给城堡前加了两道院子，分成了前院和中院。前院里可以放村里人丢给兔子的食物，中院则是一片空地，兔子从城堡出来后可以在这里晒太阳。后面的那座巨型城堡有十多层高，里面有二十多个形状各异的卧室，有半阳的通道、全封闭的通道，还有斜道、竖道，出口达十多处。把一只兔子从正面的入口放进去，便可以盲猜兔子从哪里出来，比玩游戏机还有趣。兔子窝外每天都围满了人，很多小孩子还不会走路呢，就被大人抱着站在外面看，看不够，不愿意走。

那些时日，我很多次梦到自己成了一只兔子。我在城堡里畅游，无比欢乐。

猪圈是露天的，所以兔子城堡也是露天的，一到下雨天，弟弟就会用很多塑料棚挡雨。有几次城堡里还是进了水，进水的地方得拆掉，然后晒干重建，幸好都是砖头搭的，所以拆除和重建都很方便。

兔子成群地繁殖，变得越来越多，外庄养兔的人在镇上听说了我家的兔子，也来我们家看，有点高手交流的意思。

弟弟只卖过四只兔子，那次是他自己去的，我也没问过他为什么后来不卖了，他把兔子送给了同学和朋友。

有一段时间，兔子开始生病，刚出生几周的小兔子陆续死了几只，大概率是有兔瘟了。

弟弟把那只即将生产的灰兔子捉出来，放到了外面一个挖好的大洞里，那个大洞不深，但兔子也很难跳出来，因为洞口很小，里面很大。当时我身高一米二，跳进去之后我的头还在地面以上，但里面足够宽敞，我站在中间，两臂伸直都够不到边沿。洞里的阳光很充足，兔子在里面可以继续打洞，这样的设计方便投食，还和其他的兔子进行了有效的隔离。

其余的兔子被分开装进纸箱，拿到空置的院子里居住了半个月。

灰兔生下了六只兔子，全是白色的，品相上佳，体质优良，预计两周就可以出窝了。刚开始的几天平安无事，可就在某天晚上，我在入睡前听见了一声凄厉的惨叫，似乎是动物被咬了的叫声，我拿着手电站到院子里到处瞧了瞧，找了找，又把所有的屋顶巡查了一遍，没看到异样。

第二天，弟弟说小白兔死了一只，按照以往的经验，这一窝兔子还得换个地方。他又把余下的五只兔子挪到了一个纸箱中，放在暖和的地方，白天它们都活蹦乱跳的，进食也没什么异常。只要进食正常便能活下来，我们也就安心地睡了。后来，每天晚上，我都能听见一声惨叫，每晚只有一声，那声音尖厉得似刀子划破布匹，第二天一看，总会有一只小白兔四肢僵直、侧着身子死了。

在那几天里，每晚我都祈祷别再听到那一声尖锐的死亡通知。在空旷的夜里，那声惨叫如一把锥子插入心脏。如果死亡在短时间内是可预知的，痛苦便会被放大无数倍，只有拉长到一生那么长，死亡的悲伤才可能被淡化。

一个月之后，所有的兔子又住进了它们的"城堡"里，城堡也进行了一次翻修、晾晒、消毒。那只灰色的兔子在秋天又一次怀孕，然后就跳出外墙、逃到野地里去生活了。

灰兔出逃后我们曾担心它活不下去，眼看冬天马上就要来临，觅食是个很大的问题，野地里的其他兔子早早就有了着落，它在这个时候离家出走，实属不明智。

直到那年的第一场雪下来，我们才知道它还活着。

我们一大早起来铲雪，在"兔子城堡"外看见了一只兔子的脚印，一来一回，来的脚印已经被雪埋上了，回去的脚印是新的，看上去这只兔子在这里停留的时间很长，它没有进圈里，估计是怕进去后出不来。

我顺着脚印找了过去，走进田间后，眼前白茫茫一片，只有兔子的脚印指引着我。路不远，走了半小时便到了一片坟地后的空地。我在旮旯里找到一个洞，兔子的脚印就消失在这里。来的时候我一边走一边用树枝扫掉了自己的脚印，不然兔子会发现有人来过，有人知道了它的家，它就得折腾搬家。

我走台阶上去，站在洞口的正上方，把呼吸调整到最轻，站在那里等了将近半小时，兔子才从洞里出来，它窝在洞口晒太阳，我一眼就认出来了，果然是那只灰色的兔子。紧接着，后面又连续出来了四五只小兔子，个头只有灰兔的一半大，它们一字排开，缩在土墙的墙根里晒太阳，我向后退了十多步，然后离开了。

其实我相信它之前也回来过，只是没有雪，留不下足迹。

不知道它有没有后悔离开，可能它们还是在野外收获的欢乐更多一些，自由更多一些，尤其是在春暖花开后。

之后，每次下雪，院子里总会留下它的足迹，我会用树枝把痕迹扫平，我怕有人在路上给它设下套子，它钻进去就会丧命。

一直到来年开春，苜蓿芽从地皮上冒出来了，我摘苜蓿菜的时候又见过它一次。我心想，这兔子终于可以看看田野里的春天了。柳枝冒绿，其他的绿都会跟上，别说一只兔子，万事万物都能活下去。

# 上集市把自己卖掉的猪

我母亲的周围总是围绕着很多生命。

把我和弟弟养大成人后,她先是养了好多年的猪,后来一直在养牛,年纪再大点之后她就养起了流浪狗,一条接一条。

每次我回老家都会看到她的身后跟着一群小孩子。我试图从那些孩子的脸上找到如他们长辈一般的、我能辨认出的特征,却一个也对不上号。那些孩子多数是年纪比我还小的人的儿女,我不可能认得出来。

母亲会从我拿回家的东西里找出零食散给那些小孩子,起初我没总结出什么来,现在回过头来才想清楚,她一直在做的事情是"喂养"。

这些孩子一茬茬地长大了，也会像我一样一个个地离开家。

母亲现在养着三只因原主人迁到城市而被遗弃的猫，同时还养着一个孙子和一个孙女。

离开家乡十多年后我才知道，母亲有一次在田边走路时，曾突然晕倒摔到了埂子下面。埂子高十多米，当时，每天跟着她下地的那条流浪狗看见了，不敢往下跳，便跑回家呼唤我父亲，流浪狗带着父亲绕了几里地，在埂子下面找到了母亲，母亲这才捡回一条命。

听了这件事，我回家看到那条狗便夸这狗厉害。母亲说："这是那条狗的儿子，救我的那条狗早就去世了。"

我说："它们长得一模一样，我都分辨不出来。"

母亲说："那是你没用心，怎么可能有长得一模一样的狗？"她还说我小时候识物能力很强，现在粗心大意，人味越来越浅。

母亲嫁到苏庄后养的第一头牲口是一头黑猪。猪是我爷爷在集市上捡的，那年我四岁，那时候流行养黑猪，养猪是为了长膘卖钱。爷爷说这头猪是他路过牲畜市场时偶然捡到的，看到它的第一眼，它正从土里钻出身来。爷爷推测，它可能是在市场上等乏了，就在地上刨了个坑，钻进去睡了一大觉，贩猪的人每天都会拉一卡车猪仔来卖，少了一头也顾不上寻，它就被人丢在那里了。下午三点，牲畜市场早就空了，它被办事路过的爷爷打眼瞧见，捡回了家。

小猪仔被捡回家后没多久爷爷就决定要分家，父亲也从爷爷的"大家口"里分了出去，小猪仔就这样被分到了我们家。

我们搬家的那天下了一场大雨，树叶上的雨水还没有滴尽，我们就开始搬东西。搬完后，大家都歇下来，打算吃吃喝喝，母亲这才想起还剩下两个"物件"没搬——在炕上熟睡的弟弟和猪圈里的一头小猪仔。

那天来了不少人帮我们搬家。父亲的一位酒友喜欢耍宝，他把我弟弟放在了小猪仔身上，让弟弟骑着猪赶了过来。那时候我们家才盖了两间房，一间睡人，一间是厨房，还没修好猪圈。父亲突发奇想，在门脚的地上钉了一根木桩，然后在小猪仔的脖子里套了根绳，把它拴在了木桩上。第二天起来，发现小猪仔正静静地卧着，俨然是一条看家狗。

天气转眼就凉了，父亲犯懒，说要等来年开春再盖猪圈，先用土块和草帘子给小猪仔就地搭了个窝棚，小猪仔就在这个窝棚里过了冬。一下雪它就满院子溜达,它喜欢自己的蹄印子,把一院子白雪全踩脏之后才心满意足地回窝。有时候院子里来只鸡,鸡会从我们家的柴门进来和小猪仔抢食吃;有时候路过一条狗,蹲在院墙的水眼处冲小猪仔叫几声,它一概不予理会,泰然处之,只有母亲喂它的时候,它才会摇着尾巴吃食。

过了春节,父亲在兰州寻了一个挣钱的活,下苦人看见轻省活计就像病人看见了灵丹妙药,眼里顾不上其他的,赶忙就走了。一去就是一年,一家子的农活都摊到了母亲肩头上,她也顾不上精细照料家里的活计了。小猪仔渐渐被母亲放养,但它不会拱院土,也不去两间屋子里偷吃偷喝,很少发出声音,每天都在院子里把自己滚得浑身干干净净的,赶得上经常下河洗澡的马。

隔壁家旺旺的爷爷对我说:"刚开始我以为这猪把自己当成狗了,现在看起来不是啊,它可能是把自己当成小娃娃了,还是你家最小的娃娃。"

开春不久,母亲某次下地忘了关大门,沿着田埂往地里走了老远,隐约听到了细碎的哼唧声,那声音还很熟悉,她回头一看,小猪仔在后面跟着呢。它摇摇摆摆地扭着头走在田埂上,一会儿嗅嗅花儿,一会儿咬根草,偶尔还扯扯翘出地边的冬瓜秧，它走得神气活现，后面的人跟了一路，都笑岔气了。他们说这小猪成精了，都会认人了呢，还说这小猪仔身条不错，屁股蛋子可美了。

那天天气晴朗，只见几朵碎云，看天色，晚上没有雨，母亲便带着它到地里除草、犁地、上肥。

夏日很快就到了，小猪仔就是不上膘，有人说这猪仔肯定是品种不好才被丢掉了。

仔细想，这个说法是有些道理的。

后来，母亲去赶集，小猪仔也从门里跳出来想跟着去。集市上人太多，母亲怕小猪仔走丢，就把它留在家里，没带它到集市上去过。

直到又一个春节来临的时候，父亲回到家，说打工的地方老板赖账，没拿到工钱，这个年要穷过了。和母亲商量后，父亲决定卖掉小猪仔扛过这个年。

那天天气渐冷，空气中飘着春节特有的鞭炮味。母亲走在前面，小猪仔翘着屁股，高高兴兴地跟在后面，在村道上玩得不亦乐乎。

母亲在前面偷偷抹眼泪，走在公路上，好多人都问母亲，你这猪仔咋养的，咋这么聪明呢，母亲笑而不语。一路上冷风吹鼻，还没走到牲畜市场，母亲便走不动了，两条腿没力气，站在街边歇脚，小猪仔也随母亲歇着。路过的"猪客"询问母亲是不是来卖猪的？还是要换猪？母亲指着小猪仔说："卖。"

小猪仔头一次见到那么多人，它开始紧张，跑到一堆土里趴着去了。

那天母亲是哭着回家的，说猪客给完钱，她看了一眼还在土里的猪仔就回来了，这个点估计小猪仔都快到县城了。

后来，在我的记忆中，母亲还为另外两头猪哭过，那次是因为她养的两头大白猪被跟她吵过架的堂婶下药毒死了，堂婶一家后来搬迁到城市里去生活了。

我记得那次母亲哭得死去活来，父亲安慰她说，再买两头小猪仔来养嘛，哭有什么用。

一直到我三十岁那年，母亲说，堂婶和堂叔回来了，他们要回来过晚年生活。堂婶向母亲道了歉。我问母亲还伤心吗，她说她还是不理解，堂婶到底为啥要下药毒死她的两头猪。

后来，母亲再也没有给她养的猪取过名字，只有那头黑色的小猪仔有名字，叫童童。她给自己养的狗取名叫玲玲、乐乐，也给牛取过名字，叫欢欢、妞妞。

等她不再养猪,开始养牛之后,每次家里卖牛前她都要回娘家去,父亲卖完牛三四天之后她才会回来,接着再养一头小牛犊,又开始起早贪黑地喂。

# 软脚的小牛犊

午夜梦回,我经常看见另一个我,每天在村里牵着牲口,早出晚归。

我想,那个我的一生应该还和那些动物们在一起生活呢,它们陪着我老,我照看着它们活。

闭上眼睛往前想,如果说我的人生里有一段完全沉浸的时间,那就是放牛的时光了。我身后跟着牛,眼睛往这块地里瞧瞧,向那块地里看看,偶尔会发现几只野鸡,瞧见几只兔子,看到一只狸狸猫,瞥见几只没见过的昆虫,偶遇几头村里的牲口。

独自放牛之前,我跟着比自己大的哥哥们放过驴,自认为学到了一些经验,但最后还是出了岔子。

四五郎当岁，有的是胆子。

三月份的时候放驴并不容易，黄土高原上的草特别稀，这里一撮那里一堆的，驴吃遍十几亩沟河地也吃不饱，这边一口那里一口的，越吃越饿。这很考验放驴的人的眼界，需要熟悉地形，也要知道草量大小，求近不图远是我们的原则。

到了四月份，草全冒出来了，驴只要站在原地吃一圈就能饱，这时候放驴就不是个技术活了，呆子傻子都能出来干。

一些劳动力少的人家就会让我们把他家的牲口也赶着去放一放，给我们半包烟或者半瓶酒作为报酬。那些特别不好管理的牲口，我们下一次就不带了，好管教的那些牲口我们图口吃喝就会给带上。

四月之前我们都是放自己家的驴。到了四月份，草量多了，大家默认都会去山河沟最低洼处那条几十丈的大河湾里放驴，入口留几个人，河边留几个人，再安排几个人采摘花果、烧土豆，让牲口自个儿吃草就行，这叫半自动放驴。有时候也需要排查一下被水草掩起来的陷坑，陷坑里卧死了牲口的事情也是发生过的。

三月份放驴，一大早就得出门去；到了四月份，吃过午饭睡一觉再出去就行；到了六月份驴得上膘，不然秋收时驴没劲；到了冬天，只能喂一季的干草，驴就剩个骨头架子了。这三个月再不上点肉，秋收时驴的体力就会跟不上，人就得多使劲，人一用过劲头，下半年出去打工时身体也跟不上。

所以别小瞧了放驴这件事，放大了看，可关系着一家子的财运。

三月份的驴吃完草得专门去水坝喝水，因为三月的草干，驴吃的都是山梁子上的草，到了四月份，直接喝河湾里的水便是。驴吃完喝完，再去庄子里的那块溏土上打个滚，舒服了就回家进圈，第二天还是这个循环。

我刚开始从爷爷手中接过放牛任务的时候，放的是我们家的第一头牛，这头牛听话，但性格很独，我每次都要把它当驴放，戴上笼头，牵着缰绳，让它沿着路边吃草，我放了几天才知道这种方法很适合老人呢。下午牵头牛出门，在有草的小路上慢悠悠地走下去，太阳下山，牛也饱了。路上的草每天都会被全村的牲口啃，根本没什么吃的，牛一点一点地啃草尖，比人还悠闲呢，三四分钟不用走动一步，嘴巴嚼来嚼去。这活儿可磨性子了，这样放过牛的人，耐心定能磨得出来。

某天中午阵雨刚过,我换上雨鞋就牵着牛出了门,把牛牵到平常去的路边吃了半小时草,偶然瞧见一条小道,道边绿油油的,草还没有被啃过,我牵着牛便去了。牛吃得很美,半小时不到肚子就鼓了起来,鼓得异常圆。我心想,不能再吃了,得把牛赶回家休息。走到家门口,看见爷爷立在那里抽烟。爷爷问我:"草上水没干,你咋出去放牛去了。"他又摸了摸牛肚子,说:"这牛吃了水草,肚子胀气了。"他要我牵着牛赶紧在外面跑几圈,又进家拿了鞭子出来给我,说:"别舍不得,要真打,它不放几个屁出来,活不过今晚。"

我这才知道闯了大祸,便异常卖力。我牵着牛上了公路,从村口跑到对面的山头,再跑回来。我第一次知道这头牛跑起来不慢,不用鞭子,它也能跑得很快,有几次差点把我拽趴下。我看牛的肚子瘪下去不少,就牵着牛回了家。晚饭后,爷爷让我父亲去请村里的兽医,说牛肚子又鼓起来了,要快一些,晚了怕是要来不及了。

兽医到我家里后,看了情况,爬到我家门前的椿树上锯下来一根椿条,然后从包里拿出一瓶麻子油,先给牛灌了油,紧接着把椿条塞进牛嘴里搅了几下。牛开始吐,把下午吃的草全都吐了出来。

兽医家也养牛，他们家的牛我见过，个头都矮，犄角都是向后弯曲的，村里人说这种牛的脾气好，耐力足。我们家的牛个头大，犄角朝天，这种牛脾气大，爆发力强。兽医临走前告诉我，别带牛吃有水的青草，要吃就吃太阳晒过的，早上带露水的草也不能吃。牛的草肚子和水肚子是分开的，胀死的牛有不少呢。

那次之后，我放牛更加小心，耐心也比之前足，经常牵牛去向阳的地方，让牛一点一点啃草。它有时候吃不饱，我就牵着它跑好几处，去一些没走过的路，转一些深一点的林子。这让我发现了不少新地方，也养成了一个新的习惯——我时常扛着一把铁锹，雨天改水，晴天修路。雨天时我会在林子里两三下挖个小渠，把水引一下，别冲了路；晴天时我会把只有两三人走过的路拍一拍，把土夯实一些，这样寻路时看着明显点。每片林子都有自己的脾气，树木的高矮不同，叶子的朝向不一。有的地方今天进去过，明天换个方向再进去又是另一番味道。有些林子看着大，走一会儿就到了头；有些林子看着小，走一下午都走不出去，都是光线造成的错觉。

那段时间，我一个人，牵着一头牛，走遍了苏庄的山头，踏遍了周围的林子。我见过一棵树每个月里叶子的变化,也晓得哪一片林子里有杏子,哪一片里有毛桃,哪一片的树最高,哪一片林子里藏着不为人知的秘密。

在一个小雨天,母牛产下了第一头牛犊。第一胎通常比较难生,母牛生了一下午,从中午开始生,一直到晚饭前才生下来。我记得兽医在院子里抽了一整盒的烟,分外惆怅。牛犊子生下来后,兽医把它擦洗干净,又等了两个小时,等牛犊子站起来他已经累得连吃饭的胃口都没有了,直接回家去了。第二天早上,兽医来看牛犊子,说这小家伙的毛色太好了,颜色像染过似的,真是漂亮。

这头牛犊子长得很快,母牛去地里耕地,它也跟在后面,赶也赶不走。父亲说:"让它跟着吧,这样等它一岁了学耕地的时候调教起来更快,学模学样也就会了。"

于是,我开始了放两头牛的日子。小牛犊子吃得不多,喝水也少,就是一路跟着玩,无论看见什么牲口它都要跑过去黏糊一下,性格像条狗。很快它的头上就长出了犄角,有了犄角之后它看上去也成熟了。于是我给它戴上笼头,牢牢地拴着,它已经长大了,随便跑会吓着人的。

一直到那年的五月份,河湾里可以放牛了,我们才发现小牛犊子身上的问题。

河湾处于苏庄、谢庄和刘庄的边界,是山势最低的地方，因此几座山的雨水都会聚集到此处沉积蒸发。雨水裹挟着各种野草的种子到这里发芽，所以这里的草种类繁多，长势旺盛。并且这里还形成了一处河湾，河湾周围几百亩地的地势都很复杂，有平地，有水潭，有沼泽，还有小的盲谷。

可以说河湾是苏庄最神秘的地方，苏庄最资深的放牛人一辈子也没有把这块地方研究明白。每场大雨之后，河湾都会变个样，里面的地形也会变。

苏庄的牛群从来没有打败过谢庄的牛群，最恐怖的一次打斗里，谢庄的一头牛用牛角把苏庄最壮的那头牛的肠子都顶出来了。自此，只要一看到谢庄的牛从山上下来，苏庄的牛就会往前冲。事情愈演愈烈，放牛的小孩解决不了，两村的大人就以一条横穿河湾的小溪为界，给河湾划分了区域，从此河湾再没有了顶牛大赛。

在河湾里放牛要留心天气。傍晚时分，只要看见西边有云，就要在一个小时内走出河湾，至少要走到河湾的出口才能歇脚。如果走不出来，雨一下来，你可能就会把小命丢在那里。

牛的蹄子是防滑的，下雨时可以逃走，但驴的蹄子不防滑。有一次，我们站在河湾的出口，眼睁睁地看见一头驴被四面八方浇下来的雨水淹在了河湾之中。雨水下来后,河湾瞬间就会消失,只能看到翻江倒海的雨水形成了一条湍急的大河。天晴时这里美丽而神秘,下雨时这里好似成了恶魔盘踞之地,的确变幻无穷。

发现牛犊有问题的那天一切如常,我是下午出的门。我牵着牛翻过山头,往河湾走下去,这时候便可以把牛松开了。牛走下坡路很费劲,它们的前肢没有力气,撑起全身时就像只鸭子。从山顶一路向下,走半小时才能进入河湾,之后需要继续前行,要走到水草丰茂之处还需半小时,那里是靠近苏庄这边的河湾里风景最秀丽的地方。目力所及的最远处有一道天河,水面和我们脚下的草地平齐,夹在两山之间,好似一片"仙境"。这里还有三个小水潭,每个水潭里的鱼的颜色都不一样。这里的草地巨大、平整,在这里放牛,一眼就能瞧见牛在何处,我可以放心地玩耍。这块地方周围还有天然形成的矮断崖、水沟、小山包,还长着各种高低不一的植物。若是设计一处展示自然世界的园林景观,这里会是最好的模板。在此随便走一走,我便心生荡漾,迷醉于大自然的鬼斧神工之中。

再过一个多小时,苏庄来放牛的人也到齐全了。垒火灶的人开工后，我们几个腿脚利索的小孩就会爬到河沟里的一座小山上去捡枯枝，顺道还会再摘一大堆洋槐花。河沟里的洋槐花接受了充足的日照，甜得发腻。站在这里可以顺道喊上几声、骂上几句，但骂什么都会被反弹回来。这里的回音总是只传回来后半句，比如喊："堆堆，你是个大笨狗。"传回来的便是"你是个大笨狗"。

我们准备妥当，便会在土灶里生起火，烟从河湾冒起，在地里干活的人们看到这烟，便知道是我们又在烤土豆了，也晓得我们还平平安安的。土豆未熟之前，我们会先去水潭里摸鱼、划水、趴着晒后背，或者掐荷叶遮住脸美美地睡上一觉。土豆熟了会有天然的香味儿，醒来后吃上两个，牲口也正好吃饱，我们就开始往河湾外走，返家。

但那天土豆还没熟，就听见空中一声响雷，我们在最低处，看不见远处其实已经乌云密布了。一起放牲口的老人大喊："快！把牲口往外赶！赶紧！麻利些！要了命了！"

我们都算有经验的老手，很快把牲口赶到了出口处，这时雨已经下来了。石子一般大的雨点将我们砸得迷迷糊糊，眼睛只能辨别大致的方向，天地间暗如黑夜，所幸手电是我们的常备工具。老人让我们清点一下牲口，我们一一数过，还好牲口都在。

之后，我们开始上坡出河湾，向远处看，刚才放牛的那块草地已经被雨水吞没了。

老人经验足，知道驴子走路会打滑，便站在上面不断地用铁锹铲干土往路上丢。牲口一头一头走出了河湾，最后终于站到了麦子地里。我家的小牛犊子跟在母牛身后，轮到它们上坡时，母牛走得很顺利，小牛犊却一次次地跪倒，顺着坡溜了下去。母牛在坡上看到这种情况急得哞哞直叫。老人说："去几个人，在牛犊子屁股后面推着它。"我们从被牛犊子溜成了泥浆的坡上滑下去，在后面推着它。老人继续一锹一锹地铺土，牛犊子还是踩不住，又跪倒了，继续一次次溜到坡底，雨没见小，大家心里渐生恐惧。老人又说："让别的牲口先上去。"最后用手电指着一棵榆树对我说："去折一些榆树枝来铺路。"

我当时已经急哭了，如果小牛犊子一直爬不上坡，怕是要被放弃了。我三两下爬上榆树，浑身充满力量，折了一大捆树枝，抱着必死之心扑到牛犊子跟前，用树枝铺好了那片山坡。

最后，小牛犊踩着榆树枝被我们推上了坡，终于来到母牛跟前。雨把牲口们冲洗得很干净，驴子变瘦了，骡子的鬃毛塌了，马的尾巴成了抹布。

大家眉开眼笑，像结束了一场战役，疲惫的脸上都挂着喜悦。

路程行至一半的时候，太阳出来了，路面越走越干。

当晚，老人来到我家，对我父亲说："这小牛犊子是个软脚，蹄子上没力气。"

果然，小牛犊子一岁后开始耕地时，就经常逃跑，常常耕到一半它就觉得累，一扭头就跑了，跑进林子里躲着，然后再跑回家。每次我去追的时候，它都会先围着林子跑几圈，见我累了，就自己跑回家站到圈里。

后来，早晨下地时，小牛犊路走到一半就不走了，掉头就跑回了家。村里人经常看见它在田间的小道上往家里跑，很多人都这样认识了它。在地里干活的人看到它，会直起腰自嘲道："这牛的命比我好，我还得干一整天活儿呢，它这就完活儿了。"

父亲不死心，每次都要把它牵出去，想慢慢调教它。可能父亲觉得它年纪大一些就会好一点，但它没理会父亲的期望，还是变着花样逃跑，每次走在路上，或者是走在田里，我们一不留神它就跑了。

再往后，它连院子都不出了，怎么牵都不走，拿青草引诱它出门也不行。

爷爷说："这牛犊子脚软，不喜欢耕地，要不卖掉吧。"

那是我们家第一次卖牛。收牛的人来的时候开着一辆翻斗车。几个人把牛犊子硬拽到村口，往车上装。牛犊子站在车下，怎么也不上去。那几个人只好在牛屁股后面推，它却用前肢撑住地，蹄子把地皮都顶破了，还是不上车。最后它干脆前蹄跪下、屁股朝天地卧着，就是不愿上车。收牛的人说他从没见过脾气这么犟的小牛犊子，它又不是老牛，老牛知道自己被卖会哭，这小牛犊难道也知道？

和我们一起放牛的那位老人听见村口吵吵嚷嚷，来瞧热闹。他说："这牛是个软脚，怎么现在力气这么大？蹄子印这么深？"说完他转头看父亲。父亲看着路面上的蹄子印说："这真是怪事！"

最后，收牛的人想了个办法：把小牛犊捆起来抬到车上去。一群人正打算捆它，它却趁缰绳松开时，扭头就跑。

等我们一群人寻到牛圈时，小牛犊正站在里面悠哉悠哉地吃着草。母亲又给它添了几把新草，它就淡定地站在那里嚅动着嘴巴,眼睛看着前方,装出一副啥也不知道的样子。母亲拿起毛刷,开始给它刷肚皮上的土,一边刷一边说:"这牛今年不卖了。"

翻过年,小牛犊子渐渐地不再中途逃跑了,开始很卖力地耕起了地。

它毛色发红,柔软疏短,犄角平直,头大面宽,肩高而厚,身长而倾斜,背平而直,可谓俊俏。

# 天上掉下的猫

晚饭后,母亲总是会丢几个洋芋在灶膛里,她怕谁半夜饿了没有热乎的东西吃。在农村,生火做饭是件麻烦事,要照顾一家子吃喝的母亲自己研发出了一套方案。母亲的这个习惯给不少人添了半夜吃东西的毛病,有几个经常来我家看电视的人,没吃到这顿洋芋还不走了呢,觉得不解馋,回家都睡不着。

我家的黑白电视机能收四个频道:中央一套、宁夏卫视、甘肃卫视和我们县的电视台。县里的电视台经常飘着"雪花",有声音没图像,我们都说放电视剧的人肯定是睡着了。甘肃卫视没日没夜地放广告,播的电视剧也不好看。长大后我才明白,那是因为没钱买好剧播。

那时候我们会先看中央一套的电视剧，看完就赶紧换到宁夏卫视，正好可以续上。等第一集播完，出现片尾字幕时，我就负责趁这个间隙去厨房的灶膛里掏洋芋，其他人该上厕所的上厕所，该抽烟的抽烟。

我把热乎乎的洋芋从灶膛掏出来时，火早已经全部熄灭，灰也快没什么温度了，能直接伸手抓。我把洋芋装到大木盘子的左边，一般有二十来个，垒成四层，这可是个技术活，需要练习很多次。接着我会把母亲早早准备好的一盘用卷心菜腌制的咸菜和一盘被囫囵压进缸里腌的线椒一并放到大木盘子的右边，这样就能一次性端走，不用再跑第二趟了。

每次看到一整条腌好的线椒我就会不由自主地咽口水。翠绿绿的线椒透着一股子酸味，看上去蔫头巴脑的，咬下去却像黄瓜一样水嫩。有时候还能咬出一口水，直接扑到嗓子眼儿里，让人浑身一机灵，那感觉就像快要喝醉了，舒坦。哎，还不能忘了拿上一碟盐和一碟白糖，有几个叔叔喜欢蘸着吃。再抓一把筷子放木盘子里，齐了。

我记得那晚月影闪摆，我出了房间，站在房檐下看到院里的树影一晃一晃的，有风。我正打算去牛圈外面里先尿一泡尿，刚把一只脚迈出檐水窝的位置，就有一个东西掉到了我怀里。我被吓得一哆嗦,赶紧躲了一下,那东西就顺着我的腿溜到了地上。我以为是屋顶上的鸟窝被风刮了过来,或者是玉米芯之类的东西,上前低下头看,却是一只会动的活物,再仔细辨认,原来是一只猫。

我从窗台上拿下手电,打开一照,是一只花狸猫。我弯腰把它捉起来,带到房里给大家看,他们问我猫是哪里来的,我说,刚从天上掉下来的。

猫的头只有手心那么大,眼睛已经全睁开了,出生至少有十天了。

就在十来天前,我家的狗生了一窝狗崽子,是和隔壁旺旺家的"小胖墩"偷偷配的,长得很好看,出生第三天就被村里人预定完了。这些小狗崽睁眼后就要被接走了,我每天都会去看它们好几次。我看着它们一个个睁眼,看着它们从跌跌撞撞地爬到能站起来。它们被"妈妈"叼到院子里跑,忘记给叼回去时,我就要一个个地拾起来给送回去。再之前,我还看过我家的小牛犊子出生后几个小时就自己站了起来,当时我就惊呆了。后来我又见到了这些小狗崽才出生几天就能出院子自己遛弯,亲眼看见这些过程,让我觉得动物的生命力异常强悍、美妙。

按我们那边的习俗,狗崽不能送,得被人"偷"才是福。

我把六只狗崽放在我们家存放牛草的棚里，提前跟预定狗崽的人说了位置，他们也跟我说好了自己"偷"狗崽的时间。这是一种特别美好的自欺欺人。

狗崽子被"偷"后，我失落了好几天，这会儿来了一只猫，我决心养起来。

这件事发生在我初中毕业后的暑假，因为猫太小，我就拿奶粉喂养，也给它吃其他东西，它吃得可香了，没几天就活泼起来。这只猫的性格很好，玩的时候很疯。对了，这是一只母猫。

我早上睡醒后习惯躺在房檐下，摊在奶奶的棺材板上晒太阳，这只猫也会跟着我一起晒。它趴着趴着就躺下了，晒得直瞪眼，我都担心它晒出毛病了。奶奶的棺材板是她在爷爷还活着时和爷爷一起置办下的，爷爷在我上小学时就走了，奶奶却一直拖着这些结实的板子活着。奶奶也喜欢这只猫，吃东西时就给它也喂一点。很快我们就迎来了秋收，我要经常下地去帮忙，奶奶便在家帮我喂猫。

秋收的时候，猫可开心了，成天在麦捆里跑来跑去。有一次，到晚上了还不见它，我就到处去找，后来听见它在码好的麦垛里面叫，我扒开麦垛，看见它被卡在那里，悬在半空，一脸的无奈。还有一次，它钻进炕洞里不出来，没法儿烧炕，怕它出不来，最后被烧死在里面，我就在外面叫啊叫，它在里面也叫啊叫，我又怕它卡在什么地方了，就把头伸进去看，这才发现人家根本就不在炕洞里，而是在炕洞外的柴火堆里，躲在下面故意逗我呢。

它有时候会到屋顶上追鸽子，和鸽子追着打架。一次它踩空了，从屋顶滚了下来，摔到了院子里，爬起来，又上去了。我当时哈哈大笑，心想，这家伙就是从天上掉下来的，命大。

再大一点后，它每晚都会消失一阵子，我就会惦记它今晚到底还回不回来，给它留着门。到了十点多，看见门帘晃一下，就是它回来了。它摇摇摆摆地走着路，先在桌子底下转几圈，然后就抱着头睡着了，我也就安心地睡了。

后来，不知道什么原因，我每次半夜起来上厕所，都会看到它睡在我的肚子旁边，我估摸着它是觉得冷。再之后，它索性睡到了我的肚皮上，隔着被子趴在那里，一觉睡到天亮。我起床晚，奶奶每次进屋子看见了就会说："这猫真恋你。"

就这样每天如此。猫再大一点后，奶奶发现它每天早上都会趴在我胸膛上睡觉，但我醒得太晚、睡得太沉，根本不知道。我想早点醒，看看它在我胸膛上睡觉的样子，却一直没在它出去玩之前醒过。

天气再凉一些时，有一天早上，我感觉脖子上有什么东西压得我喘不过气，醒了。发现这家伙正四脚并拢地趴在我的脖子上，紧紧箍着我的下巴，我摸了它一下，它都没动。我就躺在那里，等着它醒来。后来我搞清楚了，它半夜趴在我的肚子上，天快亮的时候又跑到了我的胸膛上，等到太阳放亮了，便到了我的脖子上。

兴许是我太懒了，猫后来开发了一个新技能，当它左等右等我还不醒，它忍无可忍时就会咬我的鼻子，一直把我咬醒才心满意足。第一次被咬的时候我还以为是蚊子呢，有点痒痒的，我迷迷瞪瞪地用手拍了几下。第二次我才觉得好像是什么动物的牙在咬我，一睁眼就看见猫正蹲在我胸膛上看着我，奶奶站在边上呵呵直乐，她说："猫都看不过去，咬你鼻子了，你还不起来。"

暑假过得很快。有一天猫趴着不动了，几乎一整天都没怎么动。我拿各种玩具逗它，它也没反应，给它好吃的也不管用，我觉得它是生病了。我抱着它在大门外走来走去，还想着可以给它抓一只老鼠玩，因为它从来没抓住过老鼠。

和我家结伙耕地的寡妇从门口路过，看见我怀里的猫，便说她家养了好几只奶羊，我可以把猫给她，让羊帮我喂几天，兴许猫就好了，猫喝羊奶能治很多小病。

把猫给她的那一晚，我死活睡不着，在床上翻来覆去的，感觉缺了点什么，后来才反应过来是因为猫不在。后来，在很多次失意的爱情里，我又翻来覆去地睡不着时，总会想起这一幕来。

第二天一早，我就跑到了寡妇家里。当我推开她家的大门时，猫从房檐下直接扑到了我怀里。我抱着它，看到它两眼放光，精神饱满。之后，我把它抱回了家，每天去寡妇家里取羊奶，让猫连着喝了十多天。

开学后，我去县里上高中，两个月后才回家。一到家，见猫不在，就问奶奶猫去哪儿了，奶奶说猫去我婶婶家了，不回来了。我很失落，连问为什么。奶奶说："它能和你婶婶家的那只猫做个伴，它们能玩到一起去。你去上学后，那猫瘦了好多，不吃不喝的，你婶婶拿去养了几天才好一些。"

至今，我经常还会想起这只猫的模样，也经常猜想它当初到底是怎么掉下来的。

# 喜欢亲嘴的鸽王

最多的时候,我们家有二十多只鸽子,这还不算被这些鸽子拐回来的鸽子。有几天,我们家屋顶的黑瓦上面站满了鸽子,一整天咕咕咕咕地叫个没完,我感觉不仅苏庄的鸽子都到了我们家,连全镇的鸽子也到齐了,根本就数不过来。

这些鸽子都是我弟弟养的,刚开始有两只,后来就多了起来,他还给几个飞行时间长的鸽子做了鸽子哨[1]。每天快到中午的时候,那只最喜欢飞行的鸽子便会腾空而起,在我们家上空盘旋几圈,哨音嘶鸣。我每次站在

---

[1] 鸽子哨:鸽哨,是安装在鸽子尾部的一种哨子,鸽子飞翔时会发出响声。

院子里看到它，总是羡慕不已，它给寂寥的天空增添了一丝色彩。那只鸽子喜欢滑翔，翅力惊人，不像其他鸽子那样飞起来扑闪扑闪的，它飞起来像只鹰，静静地飘在空中，看它飞行是一种极美的享受。它有时候犯懒不动，我便会用竹竿叫醒它，让它起来飞上几圈。

看它飞行还有一件很有意思的事情——有些鸽子也会凑热闹跟着它一起飞，从一只到十多只，好似一种召集，它们在天空中排起了队，苏庄的很多人都爱看这景。只是，飞一会儿后，体力不支的鸽子便会一个个回巢，天空中又只剩下那只浑身透白的鸽子。

这只鸽子在我心中是名副其实的鸽王。

弟弟给鸽子吃得很好，喂的全是玉米精粮，他还收集了不少纸箱子，做了很多笼舍，并在箱子里面给它们隔了很多单间，铺了麦草，可谓精心。

鸽子刚会飞的时候，要把翅膀上的毛剪短，让它们长肥，等羽毛发育好了再让它们飞，头一茬就上天的鸽子飞起来体力不行，所以不能让鸽子那么早就上天。

后来的一段时间里，那些等着翅膀长大的鸽子就在院子里溜达，它们和鸡生活在一起，抢着吃鸡食。有几只鸡还跟着鸽子学会了低空飞行，有时候摔得腿脚都不利索了。

有段时间鸽子繁殖得太快，一下子有了二十多只，家里人只能一见鸽子生蛋就立马取走，如果不取走，它们一准又会孵出小鸽子来。有时候，天刚亮我就在笼舍里转悠，看到掉下来了还带着蛋皮的小鸽子，赶快把它们捡起来，再放回笼舍里。

我们家的第一茬鸽子都是白色的，后来隔壁村子有个养鸽子的人找来了，他拿着自己的灰鸽子和我弟弟换了几只，于是我们家的鸽子的颜色开始变得乱七八糟。为了防止继续乱下去，弟弟只留了两只，其余的都捉到集市上卖掉了。

某天我见那只鸽王正卧在院子里的花坛上晒太阳，这才有机会好好看看它。它的喙很长，是一般鸽子的两倍，鼻瘤也大，很光滑，也很匀称。它的头顶比较宽，脖颈下部的毛很厚重，尾上的覆羽一层一层地铺开，翅羽发亮而硬实，尾羽向后翘起，如一把戟，尾下的覆羽细软。它的爪子红艳艳的，在阳光下几乎透明，像树根一般苍劲。鳞羽和肩羽像一个个小贝壳。最威风的就是它的耳羽，其他鸽子的耳羽跟它对比，就像我们普通人的耳朵和如来佛祖的耳朵对比一般。它的颏部鼓起，如同镶着一颗宝石。

后来的一段时日，这只鸽子因为力气大，飞得远，开始扩张地盘，飞到隔壁的石庄、谢庄、台庄，把那边的鸽子引了回来。被引回来的这些鸽子在当天根本没有力气再飞回去，也不敢进笼舍睡觉，只能在屋顶上窝着过夜，遇上刮风下雨，它们会被风雨拍到院子里来，浑身湿透，第二天便忘记了回家的路，只能滞留在我们家。其他村子里来我们家寻鸽子的人有不少。这只鸽王就像一个不省心且花心的儿子一样，到处拈花惹草，招惹是非。

有些鸽子没人来寻，就留在我们家过上了自己的日子，对鸽子来说，找到一个家比人要容易得多。渐渐地，留下来的鸽子也学会了这只鸽王的飞行方式，跟着它在中午时分盘旋在空中，飞得好的在第一梯队，飞得差的在第二梯队。

它们也遇到过危险，某天来了一只鹰，在空中叼走了一只鸽子，爪子还抓住了另一只，我眼睁睁地看见那只鹰从远处飞来，又飞远，这才明白那些消失不见的鸽子去了哪里。

苏庄很少出现鹰，之后那只鹰又来过几次。有一次它盯上了鸽王，追着鸽王不放，几圈下来鸽王飞不动了，被鹰拍了一爪子，我们在下面看见鹰和鸽子撞在一起，又重重弹开，只见空中羽毛掉落，分不清是鹰的还是鸽子的。

当时我的心都被揪起来了，觉得这次鸽王大劫难逃，定要成了鹰的食物。它直接从空中摔了下来，落在了草垛上，鹰做了一次俯冲，但见周围人多便生了怯，没冲下来捡鸽子。我们搬来梯子，爬到草垛上把鸽子捡了下来，它的一扇翅膀折了，缩不回去，还见了血，羽翅上血迹斑斑。

鸽王在家休养了半个月才又一次上了屋顶。那是一个大晴天，太阳刚爬过对面的山头，有零星几缕阳光照在屋脊上，我期盼了好几天也不见它飞上天空。它腿上的鸽子哨也被拿掉了，如果不是鸽子哨，估计那只鹰也不会盯上它。

在遇上那次险境之后它添了个毛病，下雨天也不回笼，就在屋顶上趴着看雨，像人得了心病。它每次从屋顶上扑腾到院子里，下来时经常把头戳地上，水泥地上的浮土总会被它擦出一道印迹，我们这才知道它的平衡出了问题。

一只鸽子不能飞上天空，也就失去了自我，它之前从来不和鸡在一起玩耍，现在却和鸡打成一片，玩得不亦乐乎。某天下午三四点的光景,我从地里回来,看见它和一只灰鸽子站在屋顶的脊檩上,两只鸽子嘴对嘴,一只朝左边歪着头,另一只朝右边歪着头,亲个没完没了,不停歇。

之后每隔三四天,我们就会发现又来了一只新鸽子,和鸽王一并站在脊檩上,头靠头地站在一起,不一会儿就又亲上了,如同相互啄食。

我们讨论过,这些鸽子是从哪里来的呢,现在这鸽王也不能往外飞了呀。

我们只能猜测,这是它之前能飞的时候处处留情,给自己埋下的伏笔,这会儿是那些鸽子寻来兑现爱情了。

我们偶尔还会看见,在鸽王和母鸽子卿卿我我时,隔壁还站着一只鸽子,从它下翘的尾羽判断,它可能是一只公鸽子,但距离太远,我们也无法确定。

鸽王后来在我们家住了两年多,被外地来收集鸽子的资深玩家相中,便给带走了。

# 羊粪杏树的故事

我祖上肯定有人非常喜欢吃杏,不然我们家怎么会有二十九棵杏树呢。

这些杏树我在刚学会数数时数过一回,后来我弟弟学数数时也数过一回。

我六叔家的大儿子在五岁那年又数了一回,他说有三十棵杏树,这个数字上的出入让我们产生了好奇,于是我们"堆"字这一辈的大哥组织大家一起又数了一次,确认一下,以后就定数了。那天我们顺着埂子沿儿数了三回,最后的矛盾点出现在一棵刚结杏的新树苗子上。大家推断这是鸟或者松鼠种下的,因为这些年家里确实没有人再种过杏树。

那棵树的叶子比桃树的还要小，谁也没想到是一棵杏树。今年它第一次结果，只有十几个杏子，是板杏。果子阳面镶红，整体呈金黄色，肉质水分适中，干核，甜仁。大家尝了尝，给杏树排名时，把它排在第十六位上，这个排名是老大、老二、老三定的。我那年八岁，在这些孩子里排行老四，还没有能力推翻这个延续了多年的排名，但我们都对前三棵树的排名没有异议，所以后面的那些树怎么排都无所谓。

这三十棵杏树分布在我们家院子前的埂子上和各家的后院里。

奇妙的事都发生在这片埂子上，我们这几家院子前的埂子高二十多米，要是摔下去估计得残疾。在这片崎岖的埂子上，老人们发挥了坡地种植的本领，以防子孙后代伤残严重，家族凋敝。于是这里种了榆树、柳树、桃树、杨树、桑杏、樱桃，还种了牡丹、月季、冬青。时间久了，动物也参与进来，各类野草——灰菜、灯花、血麻、冰草，都是它们种上的。后来，迁徙来的鸟儿也种了一些不知名的花花草草。经过十多年的精心养护，整个埂子一年四季风景不断，但也藏匿了一些灰蛇和狐狸等不受人欢迎的动物，后来草长得实在不受控，爷爷便下令每年冬天烧一次、秋天割一回,不能让草夺了树的威风。

我问过爷爷,这些杏树都是谁种的。我爷爷说,他只知道那棵果子结得像大豆一样的树是他父亲种的,其余的他也不知道。

爷爷口中的这棵树位于我们这一排人家的正中间,并不在埝子上,而是在埝子和路的边沿处。这棵树树干粗壮,枝叶散乱,叶片细小,没什么美感,像个营养不良、毛发干枯的姑娘。

在没有修路之前,这棵树正对着一口井,我其实没见过这口井,在我来到这个世界之前它就被填了。我知道它的存在是因为某年苏庄连续下了一个月的大雨,空着的院子里出现了一个大坑,父亲这才告诉我原来那里有口井。我问父亲为什么院子中间有口井,父亲说他也不明白,只知道是我太爷爷挖的。

我在四岁那年吃到了这棵树的果子。其他杏子是和麦子一道熟的,但它不是,要早熟十多天,而且杏子是从树顶上开始往下熟的。我们摘杏子的时候,一般先在地上铺好帆布,然后爬到树上把果子摇下来,再把帆布上的果子装到篮子里。但这棵树我们摇不动,而且它的果子都长在枝头的末端,即使爬上去也摘不到,只能等杏自己掉下来。四岁的我还不会爬树，只能跟在哥哥们后面蹭杏吃。

哥哥们会把各棵树上早熟的杏子收集到篮子里分发给大家，其他树上的果子每人能分得三四个，这棵树上的每人只能分得一个，经常还是摔裂了口的，裂口处还沾着土。

一次我抱怨哥哥们怎么不给我一个没有裂口的杏子，他们生气地说："我们三个都没得吃，给你们几个小的留着呢，你还挑三拣四的，不吃滚远点。"

我这么贪嘴，只因这棵树的果子实在好吃。一口咬下去汁水丰富，在口腔里勾着嗓子眼，让人冒出满口的口水，嚼一下，甜味散开，那种甜不是果肉的甜，而是汁水的甜，然后才尝到果肉的甜，层次分明，嘴里同时有了蜂蜜、白糖、焦糖的甘，还有了橘子、香蕉、苹果的甜，以及一点点梨的酸。

可惜啊可惜，这棵树的果子只有小拇指的指肚子那么大，小得可怜，还不如羊羔子的羊粪大，于是我母亲给这棵树的果子起名为羊粪杏。

一年能吃上十来个这棵树上的果子，也算有福气了。

每次我负责捡杏时就会在这棵树下来回踱步，偶尔踢一脚树干,想让杏赶紧落下来。

我还记得第一次听到这棵树的果子落在地上的声音,那是一种用起子打开瓶盖的声音,"啵"的一下,杏子落地的声音和瞬间碎裂的声音就混在了一起。只有在夏天的傍晚才能听到这个声音。

至今,如果让我用一种声音描述"甜"的滋味,我心里冒出来的都是这个声音。距果子落地不远的地方,还能看见摔出来的汁液渗进土里的印子,那种心疼,仿佛失恋。

我其实特别想偷吃,但树上的果子早早就被人查过了数,少一颗也不行。

五岁那年,我正眼巴巴地等着那棵树长杏子呢,结果它在三月份时居然没有开花。我问哥哥们咋回事,才知道,这棵树隔一年开一次花,所以那年只长树叶子。

这让我无比失落,那天像失了魂魄一般难过。第二天起床再跑到树下,我又觉得无比珍惜、可贵。后来每次尿急,我都会跑到那棵树下撒尿,大伯看见了,以为我体寒,憋不住尿,到隔壁庄子给我讨了药方子来。因为树不在埂子上,尿液便留在了路面上,我们家这条路是村里通往田间的一条主道,邻居们知道这是我的杰作,纷纷让我往高了尿,这样就能尿到埂子上去了。

我说我在浇树呢,他们告诉我这树都这么大了,浇水不管用,全靠雨水,再说这一块地下面的水足着呢,常年湿漉漉的,用不上我那几滴尿。

之后每隔一年,我都会吃到一次"羊粪杏",偶尔还能给姨姨家的兄弟姐妹留点,也能给姑姑家的姐姐们留点,还能给要好的同学一两个。

父辈们都知道这杏子好吃,却不和我们小辈人争抢,我一直以为他们是吃够了呢,后来某天我六娘路过,问我能不能给她一颗杏吃,她小十年没吃过这杏了,真馋啊,每次见我们吃都馋得流口水。

大概在我十二岁的时候,苏庄冒出一个爬树很厉害的小孩子,扁头,脚板子很大,四季都不穿鞋,说脚热,爬树时他的两只脚直接能当猫爪子用。

村里打算砍掉那棵钻天的椿树,怕砍树时把里面的小喜鹊摔死了,就请他爬上树去把上面的喜鹊窝端下来。我在远处见过他爬树,速度赶得上猴子。

这家伙什么都好,就是喜欢吃杏。他吃杏,不只吃自己家的,还要吃遍整个苏庄的,他曾吹牛说苏庄的杏树没有他没爬上去摘过的,他听说了我们家的这棵杏树,便放言今年杏子成熟后他就要来尝尝,那年他只有十岁。

我的三个哥哥都大了,没心思管杏的事儿,这事就落到了我头上。我本打算管管他,看他嚣张的,不通知就来吃,挺能耐啊。晚上躺在炕上,我想到一招,我可以给树涂上油,或者恶作剧地涂上牛粪,想着想着我笑出了声。第二天起床我后又觉得很无聊,晌午母亲找到我,说:"那小孩儿要吃杏就给他吃。"然后母亲递给我一篮子杏,说:"这是那小孩儿早上拿来的,换你们的杏子呢。"

我看着那一篮子杏,大小不一,颜色不同,软硬不等,顿觉自己小气了,人家的胸怀大着呢。

我问母亲他啥时候来吃,母亲说:"他自己想吃了就会去吃。"

这种吃法让我充满了期待。

我小时候早上常睡懒觉,所以不睡午觉,但苏庄人都喜欢"躺午睡",因此我中午时便在村子里闲逛,正因为我有这习惯,才看见了他吃杏的场景。

静静的正午,太阳热辣得像是要掀翻地皮一般,我正坐在院子的阴凉处喝着一碗井水,忽然听见外面有细碎的脚步声,轻巧得像是一条狗。我追出去,看见一个黑影，几下子就上了那棵杏树。我假装没看见他，悠闲地哼着小曲，蹲下看看蚂蚁、逗逗小虫，他怕搞出动静被我发现，在树上纹丝不动。我寻见了一窝红蚂蚁，它们正在搬家，看来天又要下雨。盯着它们搬完家后，我回了家。我怕时间久了他在树上坚持不住会掉下来，本想看他在树上吃杏的样子，结果他没动。

回家后，我觉得不过瘾，便跑出去站在树下喊他，说也给我摘几个吃啊，他回我："你早说啊，害我在树上蹲得腿麻。"

他身手确实很好，先是两脚攀在树干上，接着用手把树梢扯到怀里，摘下熟了的果子，再把树梢放回去，轻巧灵活，还不伤树枝。吃掉一颗杏子后他会直接把核吐出来，核落到地上，一颗、两颗、三颗、四颗，看着满地打转的杏核，我嘴里直冒酸水，问他啥时候给我丢杏子下来。他回我说："先馋着吧，等我吃够了才有你的。"

我在下面馋得直跺脚，我说："再不给我的话，我就回家拿杆子过来捅你的脚底板。"他这才给我丢下来两颗杏，其中一颗我没接住，滚到地上摔裂了。

他从树上溜下来后说这棵树好，杏子真好吃，并称赞说这是他吃过的杏子里最有味道的，比得过他在河沟里吃过的那些别人都吃不到的野杏。为了表示感谢，他打算带一些野杏来给我吃。

爷爷去世后，这棵杏树变成了三年结一次果，因为爷爷去世，这个时间我就记得很准确。

我离开苏庄后，只在一个夏天回过家，其余都是在春节时回家。那个夏天我看见这棵树连叶子都很少了。它太老，已经长不动了。我问母亲这树还结杏吗，母亲说这十多年它一直没结过杏子。

现在这棵树已经不在了，它被卖到了木材市场，被打成了家具。

苏庄有很多树，在我的记忆中，它们都和节日息息相关。我们那时候做游戏、认家门、看风景，参照物都是一棵棵树。苏庄的人种树都很随意，在门口种一棵桑树，在樱桃树隔壁栽一棵花椒树，把核桃树种到烟叶地里……它们什么时间开花，花是什么颜色，果子长什么样，哪一年没授粉、没结果，果子在第几年时好吃，我都能一一说出来。

后来，村里改建、修路，一棵棵树都不见了。我也离开了苏庄，但只要我闭上眼睛一嗅，仿佛还能分辨出它们的味道，记得它们叶子的形状，以及枝干上的那些纹理。

第二辑

# 邻居

# 一直都在挨打的马

说起这匹马,我觉得它认识的人比我都多,记住的风尘往事和闲言碎语也不在少数,对村里每条路上的深浅脚印也都费心思揣摩过。要是来一个外村人,它看一眼便晓得,一定会"突突"几声以示警告。

它像苏庄所有的牲口一样没有名字,大家都唤它"红马"。

每次有人路过,它都会很蔑视地看上一眼,然后高傲地走开,似乎在咒骂所有人,对这个村庄也充满了不屑。它该走的路都走过了,该下的苦都下了,每个泉眼里的水也都尝过了。冬天时路边的哪个洞能藏风,夏天时哪一眼草棚子能遮雨,这一切都印在了它的蹄子上,它像个老人一样,总是一副活够了的样子,随时准备撒手人寰。

我有时候想,它要是会说话,一定能说出苏庄人的字、辈、名号。在我的记忆中,它除了吃饭、干活、睡觉之外就是挨打,其余时间里就用那双铃铛一样的眼睛蔑视众生。

经常挨打的动物很少叫唤,不叫唤的动物都憋着事儿呢,也许某一天就逃跑了,还有的会报复人,到了农忙时节站在地里一动不动,罢工了。

我不知道这匹马是什么时候到苏庄的,我出生时它就在这里了。

母亲说,我刚会爬的时候,就从院子里爬到了大院的门槛上,看红马走来走去地驮麦子,一看就是一下午。红马舔过我的头,为此还被主人抽了鞭子。这件事我一直记得,红马因为我挨了一顿打,我欠了它一个"马情"。人这一辈子很多时候会在不经意间欠下情,而后追着、求着还,或者被人跟着、讨着要。

我四五岁时经常能看到这匹马从我家门前走过,它一身红毛,汗流如雨,八面威风。骡子、毛驴和牛看到它后都会早早地低下头等在路边,不敢占它的道,我看这景儿上瘾,每次都要等着红马踱步过来,看它半闭着眼慢步走过去，等骡子、毛驴和牛都走了，我才安心。在这帮动物中，只有这匹红马能享受这等礼遇。在我此后的人生中，也曾见过有人享受荣耀，但都不如红马这般神情自若地享受其中。

我得叫红马的前一个主人"爷"，因为他年少时被土枪的钢砂打中了脸，毁了容，我便叫他麻子爷。麻子爷每次都对我说："滚远点，小心它一脚送你到西天啊。"我吸一口凉气，倒退两步，又站住瞧它。看不到它的威风劲儿，我一整天都浑身不自在，宁可被它踢上天。

看过红马眼神的人其实都有些心虚，都会以为这头牲口是知道了自己什么见不得光的秘密。我每次干完坏事，总能觉察到它似乎在对我说："下次可别骚情[1]了。"

红马夏天要驮麦子，它每次驮的分量是其他牲口的三四倍。其他牲口一早上的活儿它五六趟就干完了；其他人还在地里时，红马已经开始驮水，或者去集市上给麻子爷驮米面了，用马当牲口的人心气得多足啊，干啥事都麻利，三下五除二就能打扫完战场，枪械入库。

麻子爷身形高大，手也灵巧，不仅在制作农具方面

---

[1] 骚情：西北地区方言，此处可意为嘚瑟、瞎折腾等。

颇有名声，还在雕刻上有些威望，木头、青砖、石碑他都能雕。在我们这些晚辈心中，麻子爷也是偶像一样的人物。

秋天耕地的时候，懒人才刚刚出门，红马就已经驮着犁从地里往回走了，麻子爷跟在红马后面抽着烟杆，见人都说得早点回家去伺候他的那些花花草草。麻子爷种了好多花草，很多都是我们没听过的品种。按照村里人的话说，那么一点儿地都不够红马把腿伸直。一到冬天，红马就更加威风了，它被这个村借去装扮社火[1]，到那个村里当马队的领头，身上总是披着红，头上戴着大红花，不论在哪个村，它都走在第一个。村里人都说麻子爷和红马就像夫妻俩，天天在一起，麻子爷把麻子奶都忘记啦。麻子奶也笑着说："他对马，比对我用心哩。"

有一年秋收，父亲在宁夏做一个别墅装修的活儿没赶回来，秋收只能由我和母亲完成。我手上没力气，每次装车只能装二十多捆麦子，拉一趟麦子回家感觉浑身都要冒烟了。有次遇上大雨，我在沙子路上简直寸步难行，麻子爷和红马恰好路过，麻子爷把牵引绳拴在了红马身

---

[1] 社火：民间一种庆祝春节的传统庆典狂欢活动，包含高跷、旱船、舞狮、舞龙、秧歌等，各地形式不同。

上。红马走在前面，我掌着架子车的方向，沙子路瞬间犹如冰面，我健步如飞，红马在前头昂首阔步，雨滴落在它的身上，不仅没有颓相，还增添了几分威风。

我是见过红马在涝坝[1]里洗澡的。它走进涝坝后，整个涝坝都开始溢水。麻子爷随后跟进去，给红马刷毛，刷完后一拍马屁股，红马便从涝坝里一跃而出，抖抖身上的水，自行沿着山梁子跑上一圈。也就是几句话的工夫，红马已经在对面的山梁子上嘶叫了。

说起来，红马也挨过麻子爷的鞭子，每次都是因为它不小心碰了人，或者吓到了小孩子。

红马在麻子爷手里很少干错事，它稳稳当当地做一匹马，把一匹马该做的事都做到位了。

我偶遇过几次红马挨麻子爷打。它被麻子爷拴在家门前的那棵核桃树上，麻子爷拿着一条短鞭子，在马屁股上抽一下，红马就卧倒在地，把嘴戳进土里，两个眼睛直直地往上看，这是在认错呢。麻子爷骂得比较多，打只是意思一下。麻子爷收鞭后，红马会立刻站起来，在树下站一阵子，然后被麻子奶牵到圈里去。

---

1 涝坝：人工修建的具有蓄水功能的土造小水库或蓄水池。

我爷爷说:"要说苏庄的牲口,那头一个就要说红马啊,这样的牲口我一辈子也就见过这一头,干活比人还用心呢,是头好牲口。"爷爷还说:"谁家遇到什么样的牲口,都是个运气,一头牲口,使唤得长点能有十多年,出了岔子一两年都用不下去。"

麻子爷去世后,红马被交到了他的小儿子万万手里,万万初中辍学后就在外面打工,只在每年春节回来一趟。麻子爷一走,家里的地都归他种了。

我头一次见到红马尥蹶子是在村道上。万万牵着红马,红马不走,他便用缰绳打马头。红马被打得一直往后退,却还是不往前走,万万又连打了十多下,红马直接朝家的方向狂奔,把万万拽到地上拖行了十多米。万万翻身起来后,发现手擦出了血,裤子膝盖处也裂了口子。老人们看到这种情况纷纷劝万万别着急,这马被麻子爷使唤惯了,得慢慢适应。

一天上午十一点多,我去集市上买菜,路过万万家,看见红马被拴在他家门前的那棵核桃树上,万万拿着长鞭子抽打红马,连续打了十来下,每抽一下,马的前蹄都扬起一次,还会惨叫一声。围观的人跟万万说:"别打了,它知道疼了。"万万说:"要是这一次打不住,以后就没法儿使唤这匹马了。"麻子奶从院子门里出来,她对万万说:"娃,你别打了!你使唤牲口,不是这个使唤法,你这么打,牲口记仇,你还是使唤不了。"

红马被抽得浑身全是道子印,大家都说红马不受使唤是因为万万耕地的方法不对,犁不压平,立着走,哪能耕匀呢?

一茬地没耕完,万万就放弃了种地。他每天都把红马当作交通工具,骑着马在树林子里转悠,在公路上疾奔。红马不乐意,把万万丢下来过几次,每次万万都会就地把红马拴在电线杆子上,猛一顿抽打,然后再牵着它回家。一进村,只要看到红马身上有印子,人们就知道它又挨打了。

翻过年,万万觉得自己使唤不住红马,每次有人来寻,他都会把红马租出去。

在麻子爷手里时,红马去外村干活,麻子爷不仅不会收钱,而且还会跟着红马一起去,图个吉利,也图个乐呵。而如今万万却做了甩手掌柜,收钱了事,红马被牵去外村干活,无数次偷跑回家,被人寻来后要退钱,万万便会把红马拴到那棵核桃树上,再一顿打。

在我的记忆中,红马在万万手里的那四五年里,一直在挨打，刚打完三四天，又要挨一顿。

它在万万手里挨打时一直都是站着的，即使疼得直扬蹄子，直伸脖子，它也不卧倒，不告饶。

万万气得在马屁股后面直哆嗦，打到没力气了就坐在旁边抽烟，抽完继续打。麻子奶每次都会给红马求情。万万总说，没有其他办法了，这马不听他的，不认他这个主人。

红马身上的每一处肌肉都浑圆结实，那是一种力量的展示，在我的童年里，这种力量给了我安全感。后来我明白了，那是人弱小时对力量的崇拜。

以前，每一次镇上有大车在雨天或者雪天陷进了坑里，总有人寻红马去拉车，红马出发前，麻子爷会来我家借那根粗得像胳膊一样的麻绳，我都会问一句："红马又去拉车啊？"我眼前又一次浮现出红马威风凛凛的样子，在大雪中。

睡懒觉，红马从我家门前经过，我躺来，它经过时像有一辆坦克路过，一很远就能听到，当它走近的时候，蹄声音，每一步都踩得很结实。

上学后，我只见过一次红马。那是

一个中午，我从家里出发，去汽车站坐车的时候路了过万万家，我看见红马在核桃树下站着，不时地用前蹄刨地，马焦虑不安时就会这样做。

我站在路边瞧它，它也看到了我，昂首盯着我看。它依旧强壮，而我也长大了，想起它舔我头时我还在地上爬呢。

我仰头看了看那棵核桃树，都不长叶子了。

我记得爷爷说过，马到了二十岁还能被使唤，它们能活到三十多岁呢。

后来，我就没再见过红马了。偶见之后有时就是永别，在之后的生活里，我会格外珍惜每一次际遇，若我将离开某个城市、某个行业，去向他处，我便知道这可能就是我们最后一次的交汇。人和人，人和生命，其实没有多少在兜兜转转后还能最终归于一处的，尤其是在今日。

红马的眼睛一直定在我心里，像在我心里镶嵌了一面镜子。那双眼睛坚毅、透亮、晶莹、毫不回避。在离开苏庄后的日子里，那些我喜欢的人，我尊重的前辈，我心爱的姑娘，我的朋友，他们的眼睛都和红马的接近，那成了我判断是否靠近一个陌生人的第一要素，也成了预示我将无限接近爱情和友情的一扇明窗。

搬到新疆前，万万一家人把家里的东西全部拍卖了，其中也包括红马。

村里有很多想买红马的人，出价最高的却是谢庄一位开马场的老汉。老汉说自己早就想养红马了，只是顾虑太多，马这类牲口，如果被一家人使唤过，换另外一家使唤容易不顺。他不想用红马干农活，只想让它在马群里壮个声势。

万万一家搬走后，他家的院子也换了主人，红马回来过几趟，是谢庄的老汉带着它来的。老汉去镇里时，如果路过苏庄，就会进来看看；每年到苏庄瞧其他马时，他也会带着红马来瞧瞧。村里人夸老汉是个好人，老汉说他养马那么多年，知道马的记忆是最绵长的，一生的事它都记着呢，家在哪里它也记着呢，不带它回来看看，它也会趁机跑来看看的。马可是重情重义的，马喜欢哪个人，就喜欢一生，不变。

# 寡妇家的驴

寡妇家的驴是"叫驴"。"叫驴"是俗称,意思是公驴。这头驴毛色黑亮、身条优美,在驴里算是仪表堂堂的。但它脾气不好,不过这不是它最大的问题,它最大的问题是落户到了一个寡妇家里,因此驴生艰难。要是换它来做人,我想它肯定是一个大人物。

寡妇的男人生前买了这头驴,后来他在煤矿出事过世了。单头驴在苏庄是很少见的,因为驴的力气不如牛、马和骡子,但这家的男人去世前常年不在家,女人又娇弱,一个人也驯不住两头驴,所以就一直养着单头驴,拉个车、驮个水都是可以的,耕地时就要找单驴、单牛、单马、单骡子结伙干活。

有固定搭档结伙干活的牲口，通常在耕地都是固定走在左边或者走在右边的，但是这头驴就费了周折，因为要跟不同的牲口搭档，它就得时左时右，在牲口界这是耻辱。也是这个缘由，这头驴从来都不社交，见了其他牲口低头就走。其他牲口对它叫唤时，它也会突突两声，应付一下，然后就贴着路边溜掉。在众驴打滚的溏土[1]里，它从未放肆过一次，每次都会找一个僻静的地方自己打滚。那一方溏土是苏庄几代牲口滚出来的，连牛这种很少打滚的牲口都会偶尔去滚上一番，但这头驴从来没去过。

它唯一高兴的事是在村界处干活，在那里能见到隔壁村的牲口，它们不知道这头驴是耕两边的，它便抬起头、仰着尾巴，站得很精神。一回苏庄，它就又低着头了，垂头丧气的。

男人活着的时候，它不走右边时就会挨打，被抽一顿，脾气就顺了；男人不在时，女人就饿它，饿一顿也便听话了。男人死了之后，女人也会抽它，女人抽的时候没分寸，哪里都敢打，所以它更怕女人。

驴和驴结伙谁也不吃亏，但和牛、马、骡子结伙，牛、

---

1 溏土：糊状的泥土坑。

马、骡子可不乐意，因为它们力气要大一些，牛走得慢，吃亏最少，但牛耐力最大，地翻得深，说破天去牛也还是不高兴。明面上的道理寡妇是知道的，但日子总要过，人总要活，地总要耕，粮食总要种，每次耕地她都会给牛、马、骡子的主人家买点茶叶或是称点红糖当作补偿，但是牛、马、骡子不乐意啊，它们都知道好吃的没落在自己头上，自己连一口好草都没吃到。

凡是和这头驴结过伙的牲口，第二年都不愿意再干了，村里人都说寡妇家的驴聪明，会"奸力"，就是会偷懒、省力气，和它结伙耕一亩地回来的牲口能卧一整天哩。但扭不过寡妇嘴甜，她总能找到和驴结伙的牲口。一年一年下来，有些牲口在地头看见又要和这头驴结伙下地就生气，气不过的扭头就往家里跑，这样的牲口性子太直，少不了挨鞭子，还有的牲口在地里耕到一半就会站着不动撒气，也得挨上几鞭子。

牲口回家后，各家女人看见自己家牲口身上的鞭子印，会心疼地骂几声男主人，顺道也会骂寡妇，说她养的驴和她一个德行，只会骗人力气。

寡妇家的驴在地头很少挨揍，它总是表现得很卖力，每次都早早在地头等着其他牲口，耕完地也不着急去路边吃草,就在地里等着,从来不在耕地时拉屎撒尿。男人们都觉得这驴省事,虽说干活不卖力,但也算乖巧,不惹是非。男人们都喜欢使唤省事的牲口,哪怕自己要多花点气力,都会嫌弃那些喜欢添事的。

有一年,我家母牛刚生了一头牛犊,力气不够使唤,于是寡妇家的驴和我家的牛一起干了一整个秋天的活。

父亲喜欢在早上耕阳面的地,趁着有露水、天气凉快时干活,太阳爬过山顶他正好能耕完,这样晒不到太阳;下午三四点再出去耕阴面的地,太阳下山前耕完。然后他把牛给我,让我放两个小时,等牛吃完草赶到涝坝边喝饱水再送回圈里。

我早上起得晚,父亲将地耕到一半时我才去给他送吃的,顺道去牵住小牛犊子。这头小牛犊子喜欢跟着母牛在地里来来回回地跑着玩,饿了就直接在地里吃奶,总是干扰耕地进度,有时候这头小牛犊子也会欺负其他牲口。

牛的性子都慢,但我们家这头母牛是我姑父从远处挑来的,说它一直跟着骡子一起干活,性子急。父亲之前养过驴,养牛对他来说算是一件尴尬的事,养过好驴的人都愿意养骡子、马,没人愿意养牛。姑父说这头牛在他们村子里格格不入,不如就送来苏庄养,苏庄的地都在山头上，是小块地，适合这头性子急的牛。他们村的地一大块一大块的，一耕就要一整天，性子急的牲口总盼不到头，时间久了会得病，牲口得了心病可治不好，生命就算结束了。

牛拉东西很卖力，但让它们驮东西就是侮辱它们，性子再慢的牛也不干，肯定两三下就给撂下来。我们家的这头母牛哪里都好，就是耕不了地边。它有恐高症，每次走到地边时，它便不会走犁行了，走来走去还在原来翻过的土上晃悠，这时候就需要我去牵它，但它还是没有安全感。

父亲从来不抽打牲口，常常用他那喊秦腔的嗓子喊牲口，其他山头上和父亲同时耕地的人说，父亲那一嗓子喊完，连他们家的牲口都加快了脚步，省得他们自己喊了。

每次耕地边都是我的噩梦，因为我们家的母牛喜欢踩我的脚，我脚上穿着母亲做的千层底布鞋，鞋面经不住牛蹄子踩，被牛蹄子踩一次，十天半个月还生疼。牛蹄子是分叉的，一蹄子踩在我的脚上，先是火辣辣的疼，接着疼会往心上钻，脚面还会掉皮、冒血。牛踩住了人的脚是不放的，因为它们心眼子实。吼它、骂它、推它，它都一动不动，我只好抱着牛腿咒骂，坐在地上围着它的蹄子把自己的脚从土里刨出来，像排地雷，然后赶紧拿掉鞋袜吹上两口凉气。而牛还是正视前方，眼珠子定定的，似乎什么也没有发生。

那些年，我被牛踩了几十次，脚面上伤痕累累。至今一想起来，那种疼还会往脑子里钻。而正是寡妇家的这头驴救我于水火之中，让我免遭牛踩。这头驴善于耕地边，而且走的犁行也精准，一次到位，不折腾人，因此我喜欢这头驴。早上和下午它会先来我家驮走耕具，免得我从家中往地里走的时候还要把它们扛在肩上，叮叮咣咣的闹心，有时候还会硌到我的肋骨，好几天都缓不过来。

我在地里看到这头驴是这样耍滑的：它永远走得比牛慢一拍。牛身上都出汗了，它的毛发还抖擞起风，它的身子比牛短，从后面看上去它们的屁股平齐，拉犁的绳子看上去也都牵得紧紧的，但风一吹，能看到驴这边的绳子在晃悠，而牛的拉绳则是僵直的。这头驴掉头时很迅速，节骨眼上的事情从未拖延过。牲口的这种习性在人身上也常见。

这一年雨水太多，我们两家的地眼看着在下霜前是翻不完了。地翻不好，就会影响来年的收成，做农民的不能自己骗自己，土地不接受欺骗。土翻得到不到，肥上得对不对时候，雨水浇得透不透，土地都记得清清楚楚。这不是男女搞对象，讲究两情相悦。种地，就是全心全意地付出，土地一年回报一次，今年干的事，都会在来年得到回报。

父亲在犁上多加了一根套绳，让我走在牛和驴的前面拉犁，一来是增加些力量，二来是让我家的母牛和寡妇家的叫驴多一点注意力，别左顾右盼地磨洋工。没干几天我就走不动了，在软地里和在道上走路完全不一样，软地里走路很费力气，我每晚睡觉都会在梦里喊腿疼。后来寡妇家的女儿也来帮忙了，我们两个人走在前面拉犁。我不时会回头看看寡妇家的那头驴，偷偷看它时，它的眼神得意扬扬，整头驴沐浴在风中，丝毫看不出它在耕地，它好像心事重重地陷在某种回忆里。而我眼里看见的却是一亩一亩还需要翻土的地，那地无边无际，像猛兽一样站在山顶，后面紧贴着天空中的云幕。这让我的心情极其沉重，更加垂头丧气。

当那头驴注意到我在看它时，它的眼神就变得无辜了、空茫了，变回了一头驴子的眼神，毫无内容，没有色彩。

那段时间，每个傍晚的空气中里都有微风携着牲口汗水的味道，那种味道飘散在漫山遍野，覆盖了一切多余的心思，让人内心寸步难行，就像一辈子都得扎在这里，和牲口们一起活在这片丘陵之上。

这年冬天，半夜时常能听见有驴在高叫，聊起来时大家都说这是寡妇家的驴在叫，那驴在冬天发情了，肯定是寡妇给驴吃了好料。

寡妇兴许是觉得被人说说点点实在羞臊得难受，便请了一个骟匠来处置那头驴。

骟匠本已经锁了家当，擦了车子，收了杀气与屠心，打算好好过冬，结果来了这么一单活。方圆几里所有牲口的繁衍能力都结束于这名骟匠之手，而且本地仅此一位骟匠。他一直忠于职守，攥着自己一辈子的手艺和信誉。

骟匠又把家当一件件地收拾出来，在自行车把手上又绑上了彩色丝带，在冷风中哆哆嗦嗦地来到了苏庄。一进村才发现，这可不是一件低调的活儿，全村的人都集中精神等着看热闹呢。

冬天，养得人闲心都多了。

他把驴牵到冬天的打麦场里，拴在木桩上，等太阳再暖一些就要劁了这头驴。

这位骗匠更年轻一些时，我见识过他的身手，他一人上前便能拦腰按倒一头骡子。遇到了厉害的牲口，他就会喊两个人在木桩两边别住它，防止刀误伤了牲口；遇到胆小的牲口，他一个人就能完成这项伟大的工作，很少有牲口喊叫。我那时候总会听到村里的人念叨——牲口们也会心累，去了情事后它们也会活得更加轻松。

我们围成一个圈站着看这场"法事"，这不是我们头一次看这种事了，但还是很兴奋。我们带着小孩子那种积攒起来的、蓬勃的好奇心，瞪着眼睛、屏着呼吸看着那头黑驴。黑驴兴许是看了一圈人才注意到我也在场，便盯了我一眼。我心里想，它应该已经知道自己要挨那一刀了，肯定在琢磨，我这个曾和它一起犁地的小人儿怎么也站在那里成了看客。

在围着的一圈人中，它估计看到了很多和自己有过交集的人，一一向这些人投去了不一样的目光。

我不知道它当时几岁，也不知道它后来活了多少年，但就在那天，我看着它时想起自己第一次去看这种"行刑现场"的场景。那些"罪犯"头低得特别诚实，一丝不苟，感觉它们的心都已经成了石头。但这头驴不一样，它抬起头，左顾右盼，一点也没有"认罪"的意思，它的心还是一棒软绵绵的沙土。

后来，我每每陷入孤立无援时，心中总会隐现一双驴的眼睛。那双眼睛偶尔出现在我梦中，偶尔出现在我脑海里，偶尔出现在别人的脸上。那驴想找人说说话，或者辩白一下，它在冬天里叫，或许是因为想隔壁村的某头母驴了，或许是因为圈里进了鸟，吵得太厉害影响了它休息，又或许是半夜吃的料太干了它想喝水。

彼时它孤独无援，没有任何生物能和它聊一聊，于是它把头塞进身后的草垛里，闷声发出了一声长叫。那声叫喊和冬日冷清的村庄以及清冽的天空形成了一个巨大的旋涡，叫到了我们每个人的心里。有人感叹道，要么今天别骟了，今天日子不好，改天也行。

骟匠拍了拍黑驴的头，摸了摸它的耳朵，手一直滑向了它的肚子，摸了摸，说驴已经软乎了。只见他背靠在驴的肚子上，往下一蹲，用自己的背半顶起驴，用脚把驴的后蹄一拨，黑驴猛地一下失重，侧滑了下去，刚要翻身起来，骟匠便捉住了它的两只后蹄，用绳子绕了好多圈，把驴蹄扎紧，黑驴就踢不了人了。驴嘴里发出突突的声音，鼻子里冒着白气，寒冷的温度让哈气在它的鼻子上凝结了不少水珠，之后它的两个前蹄也被捉起来牢牢捆住。骟匠又从棉袄里扯出一根绳子，把驴的前后蹄捆在了一起，接着用麻绳把驴的四只蹄子捆在一根比驴身体还长的粗木头上，扎个骨朵，驴就这样四脚朝天地躺着，乖乖地任他宰割，怎么挣扎都翻不起身。

将驴捆好后，骟匠站起来拍了拍身上的土，气喘吁吁地说："这冬天干活啊，就是不利索，太费力气，衣服箍住膀子了。"他转头在脸盆里洗了洗手，把手在衣襟上抹干净，从箱子里拿出刀喷了一口酒，干冷的空气里立刻飘起了隐约的酒精味。

我看到黑驴躺下的时候闭上了双眼，一头要面子的驴不想让人看到它的恐惧。

打麦场此时的安静呈现出某种前所未有的恐惧，麦垛上的霜见暖后也开始冒出雾气，我们从未在冬天围聚起来观看过这种场景，所有人都憋着气，把双手缩在袖管里。骟匠上前捏住了黑驴的阴囊，捏一捏、瞅一瞅，站起来叹气，又换了个位置蹲下来捏一捏，接着又急站起来，托住下巴叹气，偶尔向我们投来一个空泛的眼神。他眉头紧锁，沟壑纵横的额头上憋出了青筋。

一只喜鹊在光秃秃的桃树枝上叫了一声，把我从思忖中惊醒。它一跃跳上麦垛，在顶上蹦跳起来，跳几下后啄了一口麦粒。等我回过神时骟匠已经在松开黑驴的捆绳了。

黑驴用后蹄一蹬，前蹄撑起，整个身子立在了我们眼前，尾巴上扬，又突突几声，鼻孔里冒出热气。我们这才发现，那个能预先知道哪有美味的大黑狗已经在麦场边上等着了，本应大餐一顿的大黑狗蹲在路边，仰着头看了看黑驴，转身夹着尾巴溜走了。

骟匠对寡妇说，这驴别劁了，可以卖给他来养，这驴虽然个头不及关中驴高，但身体很好呢，不知道这驴使了什么招数，让自己发育成了一头特别好的种驴苗子。

后来，骟匠和寡妇找了个僻静的地方商量价格，我们这群看热闹的各自散去，谁也不知道黑驴卖了多少钱，但我们肯定，寡妇获得了一笔不菲的收入。

之后不久，大家在集市上看见寡妇买了好几件价格昂贵的衣衫。骟驴失败那一天，黑驴被拴在骟匠的自行车后面，跟着车一路小跑出了苏庄，到骟匠的村子去生活了。据说骟匠这辈子只带过两头驴回家，第一头是他出师之后的第一单活，但那次驴没骟好，他只得赔了钱、带走了驴，第二头就是这头黑驴。

之后的一年多里我再也没见过这头黑驴。

又过了一年,开春的时候,我记得苏庄的人开始打麻绳了,我们都围坐在打麻绳的老师傅旁边听他们说话。突然有人喊,说麦场里有驴在配种,连着配了三头呢。我便跑过去看。

到了麦场,远远就看到了一头黑色、健壮、毛色发亮的驴子立在中央,神气极了。我和小伙伴啧啧称赞,这驴真漂亮。我往前凑了凑,想看得更真切一些,骟匠说:"离远点,它会一蹄子把你们发到天上去的。"我这才看清楚,这头壮硕的驴子正是寡妇家那头"死里逃生"的黑驴。黑驴也认出了我,往前走了两步,我摸了摸它的脸,然后摸了摸它的脖子,又摸了摸它的肚子,我赞叹道,这驴喂得真好,肉结结实实的。

骟匠说,这一年它从未干过农活,每天只拉磨,围着磨盘转二十分钟,锻炼耐力,夏天喂青草加麦麸,冬天喂玉米拌麦草,又喝水又喝油渣,还给它加了海盐提精神气。

有人赞叹这驴吃得比人都讲究,骟匠说:"你要能干这事,我也这么喂你。"众人都笑了,黑驴这时候开始拌嘴了,吧唧吧唧的。骟匠说,时间到了,先来一头吧。

母驴被牵上来后,拴在了一棵死去多年的树上,那树一直被当木橛用,只见黑驴嗅了嗅,站在原地不动,有人喊骟匠,问他怎么不上去帮忙,以前干骟活,现在不会配种吗?

骟匠说:"狗日的!都静悄悄的!别胡闹!等着就是了。"

黑驴后蹄一蹬,前蹄扬起,不时就完活了。

有人说,骟匠这是得了一件宝贝啊,到老了改行改得这么省心省力。

后面还有两匹马等着,骟匠说不着急。他先拿一个大水盆给黑驴喂了水,然后蒙上驴的眼睛,让它卧下躺了二十来分钟。有老人问骟匠这驴一年能配多少头,骟匠说能配六七十头,不能再多了,再多就废了。

之后的事情也很顺利,我们完全没看到以往这个时候的种种意外或闹剧。黑驴干活干脆利索,不声不响地就把任务完成了,连一个让"观众"消化的瞬间都不给,把配种这件事做出了尊严,做成了一件很严肃的事情。

之后,骟匠收拾了家当,说要去镇里下馆子。他又一次把黑驴拴到了自行车上面,现在,那辆自行车的车把上没有骟匠的标记——彩色丝带了。

骟匠推着自行车,从村道往外走。黑驴跟在后面,四腿挺直,昂首阔步,耳朵朝前立着,蹄子踩出的月形脚印特别清晰,走到那方牲口打滚的溏土时,它躺下,滚了十多圈,滚得很尽兴,站起来抖了又抖,直到抖不出一丝土灰时才往镇里去了。

  我站在原地,觉得浑身充满了力量,像自己的一个老朋友成了富翁一般兴高采烈。

# 吃百家饭的大黑狗

从小就有狗欺负我,次数最多的是船船养的大黄狗和堆堆养的大黑狗。因此街坊邻居都说我的狗缘不错,但我脑筋一直没转过来这个弯,被欺负就是有缘?什么逻辑!

长大后我渐渐明白了这种纠纠缠缠的情感,这是人间不可少的妙缘。

要讲大黑狗先得从大黄狗说起,大黄狗是上一代狗中的焦点。苏庄的光棍们喜欢养狗,可能是因为他们总是有大把的时间,养条狗带着去抓兔子或者去野地里瞎逛时还能有个伴,比一个人带着一杆枪或是扛着一把铁锹要热闹不少。

从我记事起大黄狗就在村道上要馍馍吃了。

我还没上学的时候,爷爷就告诉我:"上学了每天要给自己带上干粮,也得给大黄狗带上干粮啊,进村出村都得给它上供,不然它是不会让你走的。"

我牢牢记住了爷爷的这句话。

我之前见过无数次这条大黄狗,它被船船养在自己家小卖部的外面,经常在那里睡觉,偶尔会追着鸡玩。我一直都把它当作一条普通的狗,谁承想它在早上和傍晚时分不仅有"兼职",还是个"村霸"。

如果细究是谁培养大黄狗从事这份职业的,答案会归结到船船的侄子那里。

大家都说,船船的大侄子嫌弃母亲蒸的馍馍太黄了,不喜欢吃,每天早晚都会把自己的干粮给大黄狗吃,让大黄狗养成了这个习惯,而他自个儿在学校里蹭小芳家的馍馍吃。我也吃过一次小芳家的馍馍,面白,松软,里面还加了香油和苦豆粉来提香,吃过一次后就再也提不起兴致吃其他馍馍了。

大黄狗毛厚,看正脸像只狮子,嘴里总发出呼呼的声音,一脸凶相,加上石庄的学生每天都要借道从苏庄去上学,所以它每天都吃得很多,体型越来越大。

大黄狗每天都会准时准点出现在村道上，随便往哪里一横。我们快走到跟前时，就把馍馍从包里掏出来丢给它，肯定不能一起丢，那样它会生气地汪汪叫起来；也不能蒙混过关，它会记住的。我试过一次，等我一个人经过的时候，它就突然从路边跑出来挡住我，目露凶光。我吓得两腿发抖，想要喊人，但是在大黄狗挑的那个时间和地段，就算喊到死也喊不来一个人，我只能把自己兜里的好吃的丢一些给它，它叼起来就心满意足地颠颠跑掉了。

有段时间大黄狗胆量陡增，跑出了村子，去公路上堵那些到镇上赶集的人。苏庄的人都认识大黄狗，他们知道这狗不仅能看守船船的小卖店，还把守着苏庄的入口呢。可是其他村的人不认识它，它被揍了一顿，脸上被瓦片砸出了血，腿也有些跛了。

接着它便不在村道上堵我们了，慢慢地，我们也不用给它带馍馍了。之前有几次母亲还问我："带的馍馍干了，怎么不丢给猪吃，装包里干啥？"

我说："给大黄狗留着呢，最近不见它了。"

母亲说："大黄狗估计是在公路上被狗贩子给抓走了。可惜了，它腿脚不利索，跑不脱。好好的一条狗，硬要去外面闯。"

那之后我就对外面的世界有些朦胧的担忧，但也仅限于此。

大黄狗不见了之后，我突然间就觉得大黑狗长大了。

这一点从叫声上能听出来，之前没人注意过它的叫声。村里少了一条狗，群狗是知道的，这时候谁长势大、气焰足，谁就能出头。

老一些的狗没兴趣，小一些的狗没胆子，所以，这个时候狗的年纪和机遇都很重要。大黑狗恰好就赶上了这个机遇，但它和大黄狗不一样，它的雄心更大。

堆堆是苹果贩子，秋季他会运几卡车苹果藏在地窖里，冬天再拉到集市上卖，一直卖到春节前，卖不完的苹果就给大黑狗吃。大黑狗不喜欢吃苹果，吃三口吐一口，象征性地嚼几下，然后再吐出来。堆堆平时还会带着大黑狗去追个兔子，或者去撵个黄鼠狼。

刚把大黑狗抱回家时，堆堆把它养在自家的后院里。堆堆的母亲早就不在了，父亲在外地又成了家，好几年不回来一趟，只是时不时地给他汇钱回来，因此家里只有堆堆一个人，他想买什么就买什么，早早就过上了"财务自由"的生活，令我们好生羡慕。

堆堆家的后院里有几棵苹果树，大黑狗平时就被拴在这些树上。家里还养着几只下蛋的母鸡，母鸡都快把苹果树的根刨出地面了，堆堆便把大黑狗放开散养。大黑狗才几个月大，不会追鸡，还有些怕鸡，渐渐地，它和鸡相处得很融洽，连饭都和鸡吃一样的——都是堆堆剩下的一些饭菜。

我那时候喜欢在天黑之后去堆堆家看录像、打"小霸王"游戏机，因为只有他家可以一玩一整夜没人管。他们家有三间房，一间卧室，一间厨房，还有一间是放粮食的仓房，他们家也不种地，仓房便空在那里，变成了我们这些孩子的游戏厅。

堆堆比我们年纪大一些，对游戏机已经不感兴趣了，但他喜欢看电影。很多小朋友想玩他的游戏机，作为交换，会在镇里租DVD给他看。我能沾别人的光打打《魂斗罗》《幽游白书》《坦克大战》之类的游戏，因为我们家有很多薄膜唱片[1]。

我父亲曾给一个大户人家修理家具，那家人用一台电唱机给父亲抵工钱，顺道赠送了他几百张薄膜唱片，

---

1 薄膜唱片：在软质的聚乙烯树脂材料上压制录音沟而制作的简易唱片，1958年由法国人确立了制作方法。

有小薄膜唱片（17.5cm，33转/分，每面容量6分钟），还有大薄膜唱片（25cm，33转/分，每面容量16分钟），双面录音。

薄膜唱片在市场上只流通了很短的时间就消失了，因为很快就被磁带替代了。当时中国唱片社出版了大量的唱片，收录整理的传统歌曲和秦腔是后来的磁带无法企及的。唱片玩的是文化传承，磁带讲究的是流行。我至今还记得那些花花绿绿的唱片封面，它们正面有"中国唱片"四个大字，用白线锁边的正方形函套中间镂了一个小圆孔，在这个圆孔上可以看到唱片的名字。每个封面上都印着一种花纹，里面的唱片颜色繁多，能想到的颜色几乎都有，着实好看。

堆堆是个秦腔迷，在磁带和VCD中找不到想听的剧目时便会来寻我，他三天两头就会让我回家找某部戏的唱片。找到了我便带上电唱机和唱片去他家玩，我们先一起看电影，看的大多是港片和武打片。电影看完后，他就去听戏，我开始打游戏，饿了，他便做揪面片给我们吃。

堆堆做的饭十顿里面有九顿都是夹生的，饭里面还有很多柴灰。我们形容他做饭是稀里糊涂的，能吃不能吃的都在碗里，吃完不一会儿就要去上厕所，时间长了，我们都不愿意吃他做的饭，宁可饿着，或者自己带馒头吃。

后来我们会把他做的饭都倒给大黑狗吃，大黑狗吃了半个月，也不愿吃了。我们说，连大黑狗都嫌弃堆堆做的饭了，这饭得有多难吃啊。

大黑狗又长大了一点，自己学会了从后院院墙的水眼里爬到前院来玩，偶尔还会溜进游戏房偷吃我们带的馍馍，其实我们也吃不完，都给了大黑狗。大黑狗慢慢地就胖了，天天吃大馒头，肉长得很快，毛色也好起来了。大黑狗和我们渐渐熟悉后，经常趴在房间里睡觉，也不出去。

就这样，大黑狗的嘴被我们养刁了。

后来一段日子，大黑狗晚上经常不在家，有个小伙伴半夜去撒尿的时候看见它从外院的墙上跳了进来，回来就对堆堆说："大黑狗都能跳出院墙了，这狗真有劲。"堆堆不信，打着手电筒去看，大黑狗跳出跳进的那块院墙处的椽棱子都被它磨平了。我们都说这狗有出息。

过了半年，我们似乎一下子都长大了，堆堆不和我们玩了，我们也不去找他了。他结交了很多外庄的同龄人，多数是在镇上做生意的人家的孩子，村里人说他们看上去都流里流气的。那会儿我们时常听见堆堆家里放着各种流行歌曲。某天我路过堆堆家门口,看见大黑狗被一根铁链子拴在大门口,另一头拴在堆堆家门口的大梨树上,大黑狗看上去一脸嫌弃,很凶,几乎看不出是原来的那条狗了,瘦得只剩骨头架子,狗食盆子里满满的面片它都没吃。

秋天快开学的一天,我和几个小伙伴在堆堆家门前的打麦场里玩,大黑狗突然狂叫着挣脱了缰绳要来追我们,我们吓得四散逃开,大黑狗唯独追着我跑了很久,在路尽头一口咬住我的裤子,把我摔进了路边的水渠里。大黑狗见我都摔出了血,吓得掉头就跑,它没有跑回家,而是往反方向跑了。我从水沟里爬出来一瘸一拐地往家走,觉得大黑狗肯定是饿急眼了。

之后,堆堆消失了一段时间。

后来,我听说那段时间他出去学做生意去了,在陇南那边贩卖药材。他家的大门挂着一头大锁,路过的人看见锁还会念叨那头锁有些年头了,是堆堆父亲年轻时下煤窑带回来的。后来下了几场雨,我路过堆堆家门前,看见埂子上面的土被雨水冲开了,底下埋着一堆鸡毛,我心里念叨,之前还惦记那几只蛋鸡没人喂得饿死,这下晓得了,那几只鸡早就被堆堆吞下肚啦。

在一个阵雨后出彩虹的傍晚，我第一次知道大黑狗能闻到谁家在偷偷吃好东西。雨后无法干正活儿，村里人就会捡起手里的闲把式唠嗑，有些人在打毛衣，有些人在拧麻绳，有些人在钻核桃，有些人在编麦辫。就在这时，大家看见大黑狗蹲在平平家的正门口，一动不动，像来讨债的。大伙都笑了，说这大黑狗找食也不找个大方的人家。

平平是我们村出了名的吝啬鬼，十多年都不舍得添置一件新衣，能舍得丢出什么好东西给狗吃呢？村里每家每户的剩饭桶在什么位置，大黑狗已经摸得清清楚楚，唯独对平平家毫无头绪，他家哪里会有什么剩饭？见了一粒生麦子，平平都要捡起来放到嘴里嚼碎咽下去。

天色见黑时，平平一家子才出来，大家都问他家今晚吃了什么，也没见生火，烟囱都没冒烟。平平说："我们用开水泡了个玉米面馍馍。"有人应道："用开水泡糜面馍馍才好吃，瓷实呢。"平平说自己家这几年没种糜子[1]，只种了红秆秆高粱，这不，连扫把都用了好多年，扫把头儿都秃得扫不动土了。村里人用的扫把都是糜子

---

[1] 糜子：原名"稷、黍"，是禾本科、黍属一年生草本第二禾谷类作物，是五谷之一。

秆捆扎成的，有人开玩笑说："那你就用嘴吹吧，把地吹干净。"平平连笑道："难怪你家那么干净，原来是用嘴吹的。"

另外一拨聊天的人对着这边大喊："平平啊，你家这娃怎么说你们今晚吃的烧鸡啊，你咋给大家伙弄谎呢。"平平立马不言语了，只愣愣地笑着。

大家这才醒过神来，大黑狗早就知道平平在镇里买了烧鸡，关起门来偷偷吃鸡呢。

这个贼狗，比人知道的还多呢。

现在我回老家的时候，老人们都说我小时候到饭点就会端着自己的搪瓷碗去各家各户转悠，遇到好吃的就吃点，不喜欢吃就去下一家。吃完还会竖起耳朵撒谎："你们听，我们家是不是着火了，我得回去看看。"然后带着自己的碗下地就走了，留下一阵笑声，简直和堆堆家那条大黑狗一模一样。

我丝毫不记得这些事情，觉得是他们乱编的，但每次都能听不同的人说起来，还有很多细节，才渐渐觉得这事可能是真的。但我的鼻子不如大黑狗的好用，我是挨家挨户去看，而大黑狗早早就闻出来了，不会伤人面子。

一次，我看见大黑狗在我大娘家门前坐着，我就进去问大娘："今天吃什么啊。"大娘说："酸片子[1]。"我说："大黑狗在门前等着呢。"大娘："我刚刚把酸汤炝出锅，它就闻到了，这贼狗。""贼"在我们那里是形容聪明程度最高的词。

我父亲时不时会做自己在内蒙古打工时学到的豆角焖面，尤其是到了冬天，父亲会先在炉子上焖一锅洋芋，等天色黑下来，再把面放进去焖。大黑狗肯定会在洋芋熟的时候准时出现在我家门口，一直等到吃完才肯走。它吃完后就会回堆堆家门口的草房里睡觉，一直睡到第二天的饭点。

后来，大黑狗每天一坐在谁家门口，我们便知道今天这家人要吃好吃的了。

有时候我干农活经过，看到大黑狗坐在某家人门前，我就会咽口水，我心想这大黑狗还真是幸福啊，啥活儿不干，每天还能吃好吃的。平头百姓谁家能每天都吃好吃的啊，只有大黑狗能每天吃上好吃的。谁家来客人，大黑狗也早早去门口蹲着，家里来客人肯定要好好招待，必有好吃的、好喝的。外出打工的人回家了，它也去门

---

[1] 酸片子：酸汤面片。

口蹲着，返乡的人定从外面带了什么新鲜玩意儿回来。就这样，大黑狗慢慢成了村里的吉祥物，它本身也招人喜欢，不磨人，眼神里总带着一种幽怨，看上去可怜巴巴的。

谁家宰猪、杀羊、煮鸡、刣驴，它也能早早闻出动物身上恐惧的味道，来到场地里，在边上等着"接赏"。村里的杀猪匠很喜欢它，常常会给它丢个猪腰子什么的。

大黑狗吃得好，长得就高，渐渐也成了村里的一景，村里人见了它都会打招呼，它也摇摇尾巴回个礼。

堆堆出去一年多后回来，干上了贩卖苹果的营生，下雨下雪天无法赶集时，大黑狗就会跟在堆堆身后，到田地里抓兔子、逮黄鼠狼，晚上还是会卧在门前的草房里睡觉，一边给堆堆看家，一边听着院子里喝酒吃肉、吵吵嚷嚷的声音。一到春节，草房前就会堆起一堆卖不掉的苹果，堆堆准备给大黑狗吃，但它早就吃腻了。苹果一直不见少，却招来了很多老鼠。大黑狗会趁机逮几只放在边上看，它逮到的都是超大的老鼠，被它摆成一排放在地上。村里的几只猫有时会去大黑狗的窝前吵架，坐在那里和大黑狗对视好久，也不见它们发出什么声响，不知道是达成了什么协议，还是划分好了地盘。后来大黑狗还是照抓不误。有几只猫白天会蹲在院墙上，选好晚上来偷哪只，晚上等大黑狗睡着了就来把老鼠叼走。是叼去解馋，还是拿去交作业了，我们也无从知晓。

大黑狗吃了五六年百家饭，和村里的每个人都成了朋友，有点"臭毛病"的人总是能交到朋友的，动物也是这样。

堆堆后来交的朋友更加复杂，有县里的、市里的，操外地口音的人也多了起来。大黑狗刚开始还会叫上几声管一管，后来实在管不过来，就把看家这项本领搁置到了一旁，专心做起了"吃货"。

进出堆堆家的那些人时常喝得醉醺醺的，有时候扛着一只羊，有时候顶着半扇猪，有时候拎着几只鸡。堆堆家整天吵吵嚷嚷，酒肉不断。时间长了，村里人都说，堆堆这家伙再这样下去就要学坏了，现在没人管得了他，以后监狱等着他呢。

大黑狗已经很久没进过堆堆家的院子了，它每天都在门外的草房里生活，像独立成了一户人家。

又翻了一年。夏日里的一天，大黑狗突然冲进院子里，围着站在院子里的堆堆转圈，撕咬堆堆的衣服，还在院子里狂奔、怒吼，堆堆以为大黑狗饿了，就给它拿了两个馒头，叹气说："你这家伙好久不来家里要吃的了，今天怎么这么反常？"

大黑狗没吃馒头，反而跳起来往墙上撞，又往玻璃上撞，还跑进后院撞树。堆堆觉得大黑狗可能是生病了，便找了根绳子，打算把它拴起来去看兽医。只见大黑狗又猛扑到房间里，跳上炕，又跳上桌子，接着又从窗户跳了出来，最后扑到堆堆脚下，用一只爪子摁着堆堆的手，把他的手含在嘴里，轻轻咬了咬。堆堆回忆起这是小时候大黑狗和他戏耍时的样子，不是真咬，只是轻轻地用嘴含住他的手。他立刻抚摸大黑狗的头，大黑狗慢慢趴到了地上，呼吸急促，四肢渐渐向外伸直，把堆堆的手松开后，一动不动。

堆堆推它、搡它，它还是一动不动的。

当天晚上，堆堆的那群酒友来了，看见已经僵硬的大黑狗，便对堆堆示意可以炖了狗解解馋。堆堆听见这话，拿起院子里的扁担，把他们赶了出去，让他们滚。

他这才醒过神来，原来是这群家伙给大黑狗吃了不该吃的东西，大黑狗才一命呜呼。

堆堆知道是自己害了大黑狗，村里人也都明白是咋回事。

几个月后,堆堆去了他父亲那里,再也没回来,后来他进了厂子里工作。

大黑狗走了,就像村里一位和自己交情不浅的人走了一样。那几天,村里的风也携着悲伤,大家都时不时还会想到那条等着吃好东西的大黑狗。

再后来,老一辈人偶尔吃到好吃的东西时,就会对小孩子说起大黑狗的故事。

# 挡路者马蜂

一窝马蜂出现在苏庄所有牲口打滚的那片溏土旁边的墙上。

墙是堆堆家废弃了的院墙,刚开始我们并没有注意到这一窝马蜂,后来因为一头驴被蜇了一肚子包,我们这才重视起来。

这窝马蜂通体呈金色,身上不是一般马蜂那种暗暗的黄,而是透着亮的金,焰火一样的腿,壮硕的肚子,肚子上黑黄相间的条纹一层一层,像水波一般荡漾到尾巴尖上,个头有两个蜜蜂那么大,翅膀竖起来时个头赶得上蜻蜓。

奶奶也发现了这一窝"怪物",她说:"之前在瓦窑那地方也闹过一窝马蜂,很厉害,人都不敢走那条路了,因为一窝马蜂废了一条路。"

我说："为啥不用火把它们烧掉？"

奶奶说："有人去烧过，被马蜂蜇得中毒了，到现在还是个歪嘴呢，这都几十年了，谁还不知道马蜂毒的厉害！这又闹了一窝。冬天蜂王就搬家了，你们路过时注意着点，可别被蜇到！被蜇了会又拉又吐，折腾死人。"

人被蜇其实没什么，重点是牲口要遭罪，这一窝马蜂是带着智慧选的寄宿地。苏庄的牲口晚上去饮水都要路过那地方，饮完水还得回来，这一来一回，几百头牲口，马蜂总能有机会咬上几口，不仅解馋，还吃得饱饱的。

之后，我每次吆着牲口路过这窝马蜂时都心惊胆战的，把自己包得严严实实，还带了蝇刷子给牲口赶马蜂。但船船家的那头骡子还是被马蜂给咬"疯了"，连蹦带跳，根本停不下来，漫山遍野地跑，也不听人的号令。那次真把我们给吓着了。失去理智的骡子跑了半晚上，动静消停后，船船家觉得那头骡子一定废了，可能不会回家了。没想到第二天骡子回了家，只是从那之后不怎么吃东西了，一下子瘦得皮包骨，无法劳作。兽医来瞧，说骡子是被吓的，它没怎么被马蜂咬到，可能是马蜂钻到了它的耳朵里或者肚子下，搞得骡子发了癫。

这样的日子持续了一个多月。一走到那窝马蜂附近，我们都不敢大声喘气，真是憋屈得要了命，比上课时还憋屈。我们请村里的养蜂高手来看了看，想让他找个办法整治整治。养蜂高手说："这一窝马蜂在洞里，也不知道这洞有多深，实在不敢造次。等天气凉下来再说，天气凉下来它们可能就自己搬走了。"

我路过时又仔细看了看这窝马蜂，发现距离它们十多米的地方有两棵大槐树，树在那里十多年了，每年静静地变绿，再静静地枯萎。一到夏天，树上全是牲口们打滚时飞起来的尘土。在我的印象里，那两棵树常年带土，没人多瞧它们一眼。我注意到这两棵树开的槐花比其他树的更黄，折下一枝仔细看，我发现是因为它的花蕊大，萼片分裂，白色的花瓣都翘边了。吃过槐花的人都知道，槐花雌蕊的子房和胚珠是很甜的，而雄蕊的花丝和花药从花柱中伸出来后浑身都沾着花粉，香气四溢。

这窝马蜂可能也是看上了这两棵大槐树，砍树赶蜂是行不通的，但可以摘掉树上所有的槐花啊。

第二天，我在太阳下再看两棵树，顿觉自己的想法幼稚可笑，那两棵树上的槐花如满天繁星，无穷无尽。别说摘了，就是自然掉落都得好久，或许只有春天的几场大风才能摘掉它们。

说起来,恐惧对每个人的威胁是不一样的。一个下午,我弟弟说他路过那里时被几只马蜂追着跑,很生气,一定要去把马蜂窝捅掉。我以为他只是说说,等我从屋子里出来,他已经拿着家里那根十米长的钢管出了门。我站在大门外边喊他:"那东西捅不得,会要了你的命的!"

但我还是小瞧了弟弟,他手里还提着一桶水,他回喊:"我先用水灌它们的窝,让它们先喝得饱饱的。"我笑叹他是怎么想到这个办法的,用那么长的钢管先给马蜂灌水,它们飞不起来,可不就任人摆布了嘛。

事情往往会在最有把握的时候出现意外——弟弟灌水时太使劲,钢管把墙撬裂了,马蜂从窝里成群地飞出来追他,他脱下衣服把自己的头包住就迅速往家里跑,还没跑几步就卧在了地上,似乎有马蜂钻进了他的裤腿里。

我冲过去救他,只能用衣服甩开那些马蜂。

几分钟后,马蜂散开,弟弟露出脸来,有好几处蜇伤。他说痒得厉害,要回家抹一些酵子[1],正好今天晚上母亲打算蒸馒头,提前发了一盆酵子。

---

[1] 酵子:又称作酵头、面引子等,是我国一种传统的馒头面团发酵剂。

我看了看"战场",钢管还插在墙上。看起来还是先不动为好,马蜂依旧围在窝口,一层叠一层,数量巨大,甚是恐怖。

回家后,弟弟在脸上涂满酵子,他说一点都不痒了,但他的脸肿得厉害。我想,这下完了,晚上父母回家,看见这状况还不得大发雷霆?

第二天,我又去看马蜂,只余下十多只马蜂在那里盘旋,乱成一团,这里一簇,那里一撮,钢管上也有不少,还有很多已经死在了土里,其余的马蜂都不见了。有人念叨,蜂窝被端了,它们都搬家撤走了,余下的这些是后来回来的,发现蜂窝不在,它们活不了多久。

那次弟弟端掉了一窝马蜂,也成了小英雄,只不过他的脸后来掉了一层皮。但后来的皮肤比之前的娇嫩,他也算因祸得福。

没了马蜂,牲口能痛快地饮水了。我每次路过那一段路总会想起这件事。当时我弟弟只是一个五岁的孩子,他是怎么想到那样去处理马蜂的呢?回想起来我觉得又后怕又奇妙,对一件事了解得多了是好事还是坏事?我经常想这个问题,面对自然世界,我们都很渺小,但也不要失去勇气。

# 坟蝶

前年回家,我和父亲吃面时,他说他已经看好了他和我母亲的坟地,就在十年前对着旺旺家的那块窄条地里,又问我知道那块地吗。

我说:"知道的,咱们不是一起去耕过吗?当时咱们家的一头牛还是和寡妇家的驴一起耕的地。"

他说:"对,就是那块。"接着又问我觉得那地方咋样。

我说:"背靠山,眼前是一马平川,躺在那里挺舒坦的。哎,那个位置正好是咱们村能看得最远的地方啊,想想都舒服,是谁帮忙给选的地方?"

父亲说是他同学给看的。

我说:"那地方真好,越想越好,我都想埋在那里了,天天能看着云彩呢。"接着又问父亲那块地能埋多少人。

父亲说因为地方太窄，只能埋两个人，我说那之后我们就埋不进去了吧。父亲说："你们的事你们自己到时候再看，说不定那时候就不兴土葬了。"我没说话，叹了口气，抬头看见父亲额头上的纹路拧在了一起。

父亲接着说："我同学还说了，咱们家祖坟外面那块地也是个好地方，正好有十三步长。"我说："那真好啊，祖坟现在满了，眼瞅着大家埋不到一起了，那块地如果可以用，晚辈们上坟也方便，不然翻山越岭的，下雨下雪了太费时间。"我又笑侃："现在这么方便，大家逢年过节都不来看看老祖宗，以后四散零落了怕是更没人来了。"父亲听了，看了我一眼，说："你怕是为了方便捉蝶吧。"

我顿时感觉到一股灼热，是十多年前的夏天的那种灼热，进而嗅到一种味道，花草混杂，清香扑面，是园子里葱叶、韭菜、黄花菜和苜蓿花的味道，是地里的玉米苗、冬瓜藤、大豆秆的味道。空荡荡的村庄里，人们熟睡了，静得只有昆虫飞行的声音。这时候的天空是天空自己的，大地是大地自己的，天和地之间是所有生灵的。这些味道把我从睡梦里叫醒。我走出卧室，走出院子，从家门口的道上径直走向田间，走到我们家的祖坟前，看到坟地里蜻蜓旋舞，蝴蝶翻飞，各类蜂虫忙得不亦乐乎。

我没注意过这片坟地里的草有这么翠绿、繁盛，也没注意过这里的景致有这么清雅。所有的坟头都被草盖住了，这哪是一块坟地啊？这就是一片童话森林。

整整一块地都被绿草打了个包，像是从某条河上运过来的一座岛屿。我兴冲冲地跑进去，踩啊，跳啊，让一众昆虫乱了次序，也惊动了在草里面安歇的动物们。我看见了长腿兔、小野鸡、一只猫，还有几只松鼠。

它们比人类会享受，躲在这么好的地方休闲。人呢，只能在充斥着夏季劳作后的臭汗的屋子里窝着。再一想，这也无可厚非。在田野间，人总是在获取，没日没夜地打扰这些动物，它们的家越来越小，人类的家越来越大。

之后的一段时间里，我经常趁午睡的时候跑到这块地里看蝴蝶。

我喜欢看蝴蝶，不是痴迷于研究它们，只是喜欢追着看。

我在韭菜地里看见过浑身发黑的蝴蝶。它们的翅膀在太阳底下会出现闪闪发光的图案，每只蝴蝶身上的图案都不一样，好像每只蝴蝶身上都带着两个字，把这些字拼接到一起就会成为一个句子，每片园子里的蝴蝶都像独立的一个句子，不同的蝴蝶飞来飞去，每天都能换一个句子。可能它们前一天已经商量好了，每天拼成这句话的蝴蝶去这片园子，拼成那句话的蝴蝶去那片园子。这种蝴蝶头上的触角很粗壮，像蜗牛。盯着它们的眼睛看久了，我会觉得浑身发凉，那眼睛里似乎有股子邪魅。它们的翅尾有些像孔雀翎，呈现出各种各样的颜色；有些还像燕子一样，长出了两个尾巴。

我在苜蓿地里看见过紫蝴蝶。它们在早晨的时候是白色的，太阳出来后，会瞬间变成淡紫色，很小，飞起来像个兔子，一蹦一跳的，看上去有些笨拙，实际上非常机敏。如果是韭菜地里的大黑蝴蝶，人走上前去，随便伸手一捉就能捉住，再一撒手，手指头上会留下银色的粉末，一定要及时把粉末吹掉，不然过几分钟手就会奇痒难耐。而如果是苜蓿地里的小紫蝴蝶，人把手伸到它跟前，以为它没感觉，正要捏住它的翅膀，它却一跃而起，又一下子跌下来，栽跟头一般。当你看着蝴蝶在一整片苜蓿地飞舞时，就好像有几百个乒乓球在球案上跳跃一样。

我在这块坟地里见过一只深蓝色的蝴蝶。它的翅膀边缘是白色的，像荡开的水纹，每扇翅膀上还镶嵌着四只整齐排开的棕色"眼睛"。那眼睛由三个圈构成，最外面是黄色，中间是黑色，最里面是紫色，有时候看上去如同宝石一样。

黄色的蝴蝶是最多的。它们的翅膀呈现出树叶般的脉络，像蛛网，脉络是黑色的，空余处全部由黄色填充，逆光看会呈现透明的质感。这种蝴蝶的翅边是由白色的圆点"缝"起来的，圆点大小不一，"缝"的规则也不同。它们的肚子最大，可能这是一种比较贪吃的蝴蝶，需要很多的食物。

还有一种蝴蝶，翅膀上有茸茸的一层毛，前面两扇翅膀是蓝底的，上面有白色的横杠，像刚学写字的孩子画出来的一样，歪歪扭扭的，呈现出不规则的美。到边缘处，横杠就断开了，成了一个白点。后面两扇翅膀是黑黄色的，上面像被撒上了金色的涂料。肚子上也有不规则的横杠。这种蝴蝶站在花朵上时会把翅膀紧紧地合起来，猛一看以为是很普通的蝴蝶。当温度高一点，它们展开翅膀后，会美得令人惊叹。我觉得这种蝴蝶特别像秦腔里的脸谱，每一只都用独特的图案展示自己的脾气，有些看上去很凶，有些看上去和蔼可亲。

大多数蝴蝶都是四扇翅膀，而某天雨后，我却看到了一种只有两扇翅膀的蝴蝶。它黄黑相间，从远处看，翅尖的位置有一个圆形的空缺，像是被鸟啄了个窟窿；走近一瞧，那圆形的空缺其实是个火苗状的图案。它们的翅边就像纸被烧出的不规则的边缘，灰烬一样的黑，灰烬一样的焦黄。

我在这块坟地里见过的蝴蝶大概有六十多种，每次回家，我都会用画"正"字的方式把看到的蝴蝶种类记录下来。后来，我在无意中了解到，全世界有一万七千多种蝴蝶呢。

我还看到，同一种蝴蝶身上有时会出现一块红色，还有的时候会出现一对尾巴，偶尔还能发现这种蝴蝶身上出现了一种新的颜色，是前天见过的蝴蝶和昨天看见的蝴蝶身上的颜色混起来的样子，真是无奇不有。

有一次，我看见一只蝴蝶左边的两扇翅膀是黑色的，右边的两扇翅膀是白色的。还有一次，我看到一只黑得发亮的蝴蝶，肚子却是粉色的，翅边也是粉色的，粉得都有点透明了。我还曾在一只蝴蝶身上数出来十多种颜色，感觉它是一只爱臭美的蝴蝶，钻进化妆品里一顿乱涂，然后直接出了家门。

在蝴蝶身上，我可以看到各种鬼斧神工的图案，像是世界上那些著名的特色建筑；也能看到各种稀奇古怪的颜色搭配，再大胆的艺术家也不敢将它们放在一起，但它们一起出现在蝴蝶身上显得特别和谐。有时候，像是看到火焰在燃烧；有时候，像是看到冰在凝结；有时候，像是看到霜在化水。颜色在蝴蝶的身上呈现了最自由的组合方式。

在后来的人生中，每次去看画展，我都会想起追着看蝴蝶的那段时光。

我曾经还看到一只蝴蝶的背上有一个红色的、像小姑娘裙子一样的图案，也曾看到类似八卦图和小丑脸的图案。有时候，看到某个图案我总觉得熟悉，猛然回神，才想到之前在蝴蝶身上看见过，蝴蝶在我心中是最伟大的图案设计师。

它们有些穿得很轻薄，一袭白纱裙；有些却穿得很厚实，像披着一身貂皮。有些雍容华贵，有些干练利索。真是一个"花花世界"。

有天中午起了大风，我心想这下没蝴蝶可看了，便懒洋洋地出了门，打算去田间溜达，路过坟地时不甘心，又上前几步，想去瞅瞅，远远地看见有个类似掉落的风筝一样的白色东西躺在草头上，我连忙上前想看清楚。我们自制的风筝十分简陋，先用竹子和麻线扎出一个倒三角形，然后用白纸剪出两条长长的飘带，用浆糊粘上去，就像燕子的两条尾巴。但放风筝不是一件容易的事，在我的记忆里，我只放起来过一次。

当我上前一看，先被吓得一愣——那不是一只风筝，而是一只像小孩脸庞一般大小的白色蝴蝶，它四翅并拢平躺在草上。因为那翅膀巨大，我心生畏惧，不敢再上前一步，而是立在原地目不转睛地盯着它。风很大，它无法飞行，只能用足牢牢地抓住草尖，不知是它自己把翅膀斜下来的，还是风把它吹斜的。它在草上随着风摇曳，像湖面上的一轮细月在水波里荡漾着。

风不久就停了，我这才回过神，抬头看了一眼四周。那一刻，玉米叶子不再发出声响，周围的杏树也不再摇摆，坟地里的松树、柏树也不再作怪一般发出嘶嘶的鸣叫。大白蝶在草头上立了起来。我被眼前的这只大白蝶收走了魂，它翅膀后面有四个尖，就像被两只燕子抬着一样。

这是我第一次看见翅膀上有四个尖的蝴蝶，后来回想时，我觉得我当时肯定是喜欢极了，才想追上去捉住它。

它通体没有杂色，飞起来就像一朵飘在头顶的白云。

我一边追,一边伸手捉它。在我追它的时候,它没挥动过一次翅膀,而是像在浪头滑翔一样,一会儿高升,一会儿下降,我已经激动得没办法看脚下的路了。之前我从没爬上过坟头,只在各个坟头之间的空隙里走过,这次根本顾不上了。我脚下踩了太爷爷的坟头,我说,哎呀,太爷爷,你这坟头真高,差点绊倒我了;爬上太奶奶的坟头时,我说,太奶奶,我都没见过你,只看过你的照片呢;路过吉爷的坟头,我说,吉爷,我听说你那时候是第一个敢去外地打工的,还把秀奶奶娶回家了,了不起啊;路过祥爷的坟头时,我说,祥爷,你是大年三十早上去世的,那天我们都写好春联了,结果没办法贴红的,放了三年才用上那副春联……

后来大白蝶就凭空不见了,像隐身了一样。我四处张望、奔跑、跳起、蹲下,想再找到它,却不知道自己何时出现在了坟地的最高处。我看了看被踩得像麻子脸一样的坟地,各个坟头都出现了裂纹,露出了新土的牙口。

我长叹了一口气,心想这大白蝶到底去哪里了呢。

最后,我很不情愿地回了家。

那一晚我睡不着,一直在琢磨,越琢磨越心里越翻腾,这到底是我做的一场梦呢,还是真的发生过。

我等不及了，要去坟地里再探一探。

我拿上手电筒，拉下门栓，轻手轻脚地出了门，才发现月华如昼。

我连忙跑到坟地里。月光下，坟地里的草都变成了深浅不一的镜面，有些地方闪闪发亮，上面似乎被嵌上了水晶，有些地方静静地暗下去，还有些地方被风一吹就反一下光，像醒来又昏睡过去的老人，脑袋垂答答的。

我确认了坟头上被我踩出来的那些脚印，心里踏实多了。我缓慢地走出坟地，打算回家睡觉，又不舍地回头看了一眼这些先人，他们中有些人我见过，有些人我未曾谋面，但每年的清明、春节都给他们烧过香。这一块坟地也快满了，留下的几个位置是我爷爷、奶奶还有意爷、英奶奶的。我突然觉得，人有身归何处的答案是一件很幸福的事情，尤其是在这深夜的月色下。

我抬头又看了一眼月亮和那棵在坟地正中央的酸梨树，突然发现有两只蝴蝶在围着树转，它们慢慢地变大，慢慢地靠近，飞到了坟地的上空。我拿手电筒照过去，发现有一只是我白天看到的那种蝴蝶，通体透白，大如风筝，但我不确定它是不是我白天看到的那只。在月色下，它看起来更加巨大了。我用手电筒照向另一只蝴蝶，发现这一只不是纯白色的,它前面两扇翅膀的边缘被小黑点"锁了边",后面两扇翅膀的黑点在底部,像白纱里面穿了衬裙。我这才明白,它们是两口子,哪只是公的,哪只是母的,难以分辨。

它们在坟地上空飞来飞去,一会儿来一个长距离的俯冲,一会儿扇动翅膀,跳跃着从这个草头飞到那个草头。我跑进去,跟着它们东奔西跑,在坟地里也有了"翻山越岭"的快感。之后,我脚下被什么东西绊倒了,一头栽在了烧纸的瓦罐上。

第二天醒来时草丛中的露水很大。我爬起来,浑身湿漉漉的,回家跟父亲说得整整坟地了。

回忆在此刻结束。

我回过神来,回到和父亲的谈话中。当父亲说到祖坟前面那一块空地还可以继续用的时候,我心中是兴奋的,那是一种远在异乡的人对归属的奢求。

那一拨一拨去外面讨生活的人,出去的时候总觉得时间足足的,日子还长着呢!可是回来的时候,发现时间都短缺了,有些人甚至赶不回来了,再也看不到那一片翠绿和翻飞的蝴蝶了。

第三辑

来客

# 逃离的猴子

阵雨刚过,彩虹还挂在天上,地皮还湿着呢,就有人在那个废弃的麦场院里敲锣,原来是有人耍猴。被阵雨赶回家的人正打算美美地睡上一觉,但这热闹少见,值当一看,一定得去,于是人们纷纷从炕上爬起来,捡几件干衣裳穿上就出了门。

猴子已经够瘦的了,耍猴那人比猴还瘦。这是我在现实生活中第一次见到猴子,也不知道其他猴子是个什么样子。于是我站在边上,把耳朵倒空了,仔细听人家说话。

人真是够多的,这也是老天爷赏光呢,一场雨让人们有了闲,又有了这猴看。耍猴人搬了一把椅子放在麦场中间，猴子坐在上面，开场前要敲锣，把场面话、俏皮话都说够、说热闹了，这才开场。

猴子从椅子上翻个跟头下来，它打开放在远处的木箱子，翻出来一件碎花裙，从头上套进去，套了半天却穿不上，逗得大家哈哈大笑。猴子听见众人笑话它，便把裙子脱下来丢了，耍猴人捡起来又丢过去，这次猴子从腿上穿，终于穿进去了，它再次站到椅子上。

耍猴人一次向它丢过去三把木刀子，猴子开始一把把地抛向空中，把刀耍成一个圈，迎来阵阵喝彩，耍猴人此时拿起铜锣，从反面平举，围着人群转圈说："好看的话，给点赏钱啊，各位爷爷奶奶。"

转了半圈，铜锣盘子里也就几个硬币。耍猴人说："看来爷爷奶奶们不满意啊。"他走上去假装拧了一下猴子的耳朵，猴子也假装疼，踢了耍猴人一脚，跑了。这次大家笑得更厉害了，耍猴人开始哄猴子，猴子又回到椅子上，耍猴人在三把刀的刀尖处点燃火苗，猴子开始耍那三把火刀，速度很快，形成一个火圈。

猴子继续耍怪，"不小心"把自己的手掌点燃了，便跑过去把手伸进耍猴人的裤裆里，台下的观众哄堂大笑。

猴子踩上自行车，拿着铜锣再一次向围观的人们讨钱,这一次,铜锣里的纸票子满满当当的,我把身上仅有的五毛钱也丢了进去。

接下来,猴子向人们答谢,它开始翻跟头,先是以"8"字形翻了一圈,然后又以"2"字形翻了一圈,最后以"3"字形翻了一圈。

观众里有人喊,给猴子抽支烟吧,说着还丢过去一支烟。猴子捡起来便含在嘴里,耍猴人过去给猴子点上烟,猴子坐到椅子上跷着二郎腿吐起了烟圈,抽得很投入。

抽完烟后,猴子开始举铁锤,举了一会儿之后躺在地上不起来了,耍猴人说:"又假死,每次累了就假死,像不像各位奶奶家的老爷们啊,不干活装死呢。这种情况该怎么办啊?"

有妇女喊:"这种情况我一般会用鞭子抽。"

耍猴人说:"还是奶奶有经验啊。"

耍猴人拿起鞭子假意打猴子,猴子一翻身,又躺下,耍猴人打,却故意打不到,来回折腾了好多次,累得耍猴人直擦汗,观众们都快笑岔气了。

猴子耍人比人耍猴更逗乐。

最后,猴子跳过去抢了耍猴人的帽子,围着观众又收了一次钱,这次收到的票子都是大面值的。猴子收到钱后举着帽子拿到耍猴人跟前，就在耍猴人接手的时候，猴子把钱撒到了地上，还把帽子扣到了耍猴人头上，又迎来一阵喝彩。

当耍猴人眉开眼笑，低头弯腰开始捡钱时，猴子却蹿进了人群里，然后上了草垛顶，开始在草垛上奔跑，跨过一个、两个、三个、四个草垛，还不见它下来。大家都以为这是最后的表演，还有人喊："快让猴子下来啊，要是把草垛上的麦壳踩漏了，草垛会进水的！"耍猴人这才抬起头，只见猴子从一棵榆树上钻了进去，榆树叶子小、密实，根本看不清楚它是否还在里面。

耍猴人跑过来，跳上榆树，一下子踩空，掉了下去，掉到了下面的路上，他又爬起来继续找。

猴子跑了。

之后的一个月，耍猴人就住在苏庄，天天找猴子。街坊邻居念叨说，这猴子肯定是平时的日子不好过才跑的。

每天都有人给耍猴人报信，有人说在庙后面的榆树上看到了它，有人说在苹果园子里看到了它，有人说在沟里的水池边看到了它，还有人说看到它正在水坝里洗澡呢！

根据这些人的说法，猴子每天会流窜好几处，耍猴人说:"还好,猴子没出庄子,要出了庄子,一个庄子一个庄子地浪下去,那真的找不回来了。"耍猴人还说:"苏庄好玩啊,地势好,有林子,有山有水,有沟有坎的,猴子看上这地方,不想走了。"

这一番话让我们对这只猴子亲近了不少,觉得它是一只独具慧眼的猴子。苏庄有个传说:苏庄的庙里请过隔壁乡的一位神仙的雕塑,因为这位神仙和苏庄的主神是亲戚,就请过来串个门,供奉了三个月后打算送回去,神仙却不走了,觉得这里好,要多住一阵,这一住就是几十年。

村子里的人说:"让猴子再耍耍,耍够了就回来了。它聪明着呢,天气一冷,就没地方去了,还不知道回家吗?"

我独自见到这只猴子是在我们家的玉米地里。那天我到地里打算给我种的那只冬瓜翻个面,想让它长得更大些,结果在玉米地里看到了那只猴子。它躺在地里把玩着一条冬瓜藤上的花,见到我后它坐了起来,做好了逃跑的姿势,我连忙瞥了一眼我的冬瓜,还好冬瓜完好无损。

直到那年冬天,耍猴人还是没找到猴子,村里人也没再见过那只猴子,整个镇上都没有了猴子的消息。

我想，猴子定是横下心来去了更加广阔的世界，它比我走的路要多。这些年它走村串寨，走过陕西、山西、甘肃、青海、新疆，搭过那么多辆长途车，吃过那么多顿便饭，遭遇过各种各样的天气，睡过各式各色的旅店，早早便知晓了生活的样貌。它看过无数张笑脸，可能已经厌烦，生活被遮蔽了什么，又展示了什么，它都一清二楚。它想过一种自由的、安静的生活，早就做好了要逃离的准备，在一个雨后，在一个傍晚，在一群人眼皮子底下。然后去流浪，老去，隐藏起戏耍的技能，沉入乞食者当中。一程一夜一昼，看星穿长空，观日过山头。

# 被抓错四次的鼠兔

有段时间,苏庄的所有猫都不抓老鼠,集体罢工了。

奶奶说它们这是商量好了整人呢,我也觉得它们太不懂事了。

那年的麦子收成还不错,刚碾出来的麦子还没干透,无法放入仓房储存,得翻来覆去晒好几次才能封进仓里,只能暂时开着袋口放在房间里或者房檐下。

按理说,每年的粮食都不可避免地会被老鼠偷吃一点,只是那年老鼠们闹得太凶,奶奶决定抓几只警示一下。她老人家小时候就是抓小动物的高手,还找来了心中的神器——木斗。

苏庄的木斗都有三升大小,实木板子,重量不轻。

木斗是一种只在一面开口的方锥形量器，其余五面都是镶嵌着铆钉的木板。开口那一面最大，开口正对的一面是底座，底座最小，看上去像个正方形的元宝，所以木斗也有很多好的寓意，比如步步高升、发财满满。把木斗放在麦子口袋上，拿一根棍斜着顶在开口处，棍上再用线拴一小块馒头，老鼠一咬，棍就倒了，木斗便能把老鼠压在里面。

我建议奶奶直接用老鼠夹子，奶奶说老鼠都认识老鼠夹子了，根本没什么用。

第一晚，一只老鼠都没抓住。我们早上起来倒是看见装麦子的袋子底部被咬了几个洞，奶奶便说，看来这老鼠爬不上袋子，于是第二晚我们就把木斗机关移放在地上。

大概晚上十点多，奶奶喊我，说木斗倒了，让我快来抓老鼠。我把倒扣的木斗左右挪动，移动了好几米，终于看见了老鼠的一只脚。我用火钳子捏住它，把木斗搬开，拿起来一看，这不是老鼠啊，这是一只鼠兔。它的眼睛和耳朵像老鼠，却长着兔子的身子，圆鼓鼓的，走路比兔子还快，跑起来和老鼠一样神速。

奶奶说："鼠兔找吃的怎么还找到家里来了？这家

伙一般不进人家里啊。"

鼠兔一般会在地里蹦跶、打地洞,地洞打得口朝天。鼠兔是一种不怕水的家伙,其他小动物的地洞口都斜着,它们的地洞口却朝着天,雨水一下去洞就淹了。很多窑进水甚至塌垮,都是鼠兔的洞引发的。我说:"这下糟了,火钳已经把它的爪子夹伤了,得包扎一下。"我找了医用白色胶带,把它的爪子垫上纱布包了一圈,再把它往院子一丢,它瞬间就消失在眼前了。

接下来的那晚没什么动静,第二天早上奶奶来喊我,她说木斗下面有老鼠,让我快起来抓,抓完再睡。我强睁开眼睛去移木斗,里面的动物露出一只脚来,我就用火钳捏住了它,举到了半空中。仔细一看,这家伙腿上包着的不正是我前天给它缠的白胶带嘛,真不长记性,又跑来挨夹,于是我又把它放生了。

我跟奶奶说还是那只鼠兔,奶奶说:"看来这家伙没出院子,一直在家里逛呢。"

第三晚,父亲在房檐下换灯泡时,奶奶说:"木斗倒了,快抓老鼠啊。"父亲带着钢丝手套打算用手直接抓,我负责移动木斗,移来移去也不见老鼠露出半截尾巴或者一寸爪子。我的耐心消耗完了,便放弃了,打算留着第二天再抓，结果到了第二天，木斗的一面被咬开了个豁口——老鼠跑了。

我下决心一定要抓住这只干坏事的老鼠。

次日晚上我就坐在房间里等着木斗倒下，果然被我等到了。因为下了狠心，我把火钳捏得特别用力，抓了半天，抓出来一看，还是那只鼠兔，这次它被夹出了血。

我一边包扎一边骂它："怎么就不长记性呢？我在这抓老鼠呢！你在这里凑什么热闹！"

包好后我就把它放到院子外面去了，可它一动不动地坐在原处，因为受伤过重走不掉了。我捉住它，把它放到院子里的一个筐里，让它在里面休息。

抓老鼠不顺利让我又添了几分恼火，家里每晚都有老鼠出来祸害的痕迹，老鼠还把麦子撒了一路，它把本想带回去的麦子都留在路上了，我将此视作挑衅。奶奶说："别着急，这茬老鼠再闹一阵就会过去的，等村里的猫休息好了就会开始抓老鼠了，它们只要叫上几声，老鼠就能少一半。"

第二天，木斗被奶奶放在我房里，她说她不想抓老鼠了，让我再坚持几天。那天表哥来我家住，半夜的时候木斗倒下了，我说这回准能抓住老鼠，便和表哥同心协力钳住了它的一只爪子，拿出来一看，还是那只鼠兔。表哥说："这只鼠兔真敬业啊，脚上还缠着绷带呢，属于带伤上岗。"

我们再次把它放生。就在那一夜，我听见猫开始叫了，一只，两只，三只，全村的猫都像刚睡醒一样。

秋收后，猫给了老鼠一些生存的时间，老鼠也让其他田地里的动物钻了一些空子。

有时候我们不得不在同一个错误里来回打转。这只鼠兔不是走不出三升大小的木斗，而是走不出更大的院子，它无法面对秋收后空旷的田野。

# 流窜作案的黄鼠狼

大伯说，谢庄的那只黄鼠狼祸害完谢庄，应该是到苏庄了，它是从别处来的。

我说："你咋知道的？"

他说："我扛着铁锹瞎转悠时看到了黄鼠狼的脚印子。"

我说："这可咋办？"

大伯说这只黄鼠狼很厉害，已经折腾了好几个村子，从深沟里的村子跑到山头上的村子，实在不好对付。

他还说，听其他几个村的老汉说，这只黄鼠狼有些年纪了，人们使用各种招数捉它，都被它避开了，铁丝套不住，猪笼压不住，用药它也不上钩，简直是个"仙儿"。

家里得好好看着鸡娃子[1]，而且这黄鼠狼还会偷小猪仔呢！

我说："我的个天啊，这家伙真厉害！"

背地里我却莫名地兴奋。

不久后，我们家的一只鸡就被抓走了，我们还在麦场的麦垛子后面看见了鸡毛，真是把人气坏了。第二天家里便把鸡舍又加了木条，让空隙小一点。

之后的五六天，很多人家的鸡都被叼走了，大家一边心疼，一边叫嚷："这只黄鼠狼真是不好对付！"

村里决定悬赏一千块钱，想捉住这只黄鼠狼。

堆堆带着大黑狗参与了这件事情，我们每天都能见到大黑狗在苏庄的山沟里找黄鼠狼。

黄鼠狼是夜行动物，其速度快如闪电，路上遇到的洞穴、裂缝都可以成为它躲避的地方。它的嗜杀性强，咬死的动物往往吃不完，但它还会继续猎杀。在野外时它会捕捉老鼠和田鼠，偶尔还会到村落里去找刺激，让兔子、鸽子遭殃。它偶尔还会在粮仓上打洞，不为吃粮食，就是搞破坏。

半个月后，堆堆说他找到了黄鼠狼的藏身之所。

---

[1] 鸡娃子：小鸡，西北方言。

黄鼠狼没有固定的巢穴，今天在这里，明日便换一处，狡猾得很。

我们问堆堆确定吗，他说大黑狗追黄鼠狼追到了废弃的瓦窑沟边上的裂缝里，只差几步就咬住它了，但体力不支，眼看着黄鼠狼钻进去了。

我们一行人跟着堆堆到了瓦窑沟，那是一条深四十多米的河沟。我们没进去，就站在沟边看着沟里的堆堆和蹲坐在那里的大黑狗。大黑狗朝我们一叫，沟壁上的乌鸦就嘎嘎地叫着往外飞，沟壁上还沾着星星点点的乌鸦粪便。

大家站在上面出主意，黄鼠狼不怕水，灌水没用，只能用烟熏，把它熏出来之后大黑狗肯定能捉住。

我们几个年纪小的孩子去附近人家里要了麦柴，不大一会儿就生起了火，用湿土压住火，烟便起来了，再用扇子往裂缝中扇，没一会儿半条沟的沟壁上都开始冒烟了。原来沟里面早已经被水冲开了，里面四通八达，所以到处冒烟。我们站在上面把自己都逗笑了，自嘲我们真是笨死了，黄鼠狼肯定早早就跑了。

堆堆叹着气，把火压灭，打算往外撤，我们站在上面和他聊天，说要不继续寻呗，别泄气。这时，从黄鼠狼钻进去的地方跳出一只通体白色、体型比黄鼠狼大一倍的东西，狂奔了出去。我们站在上面，只看见沟底的草丛好似一条流动的荡，那白影一下子就不见了。

堆堆没看见刚才奔出来的东西，他问："是黄鼠狼吗？"

我们说："不是啊，白色的，是兔子吧。"

堆堆对大黑狗说："你咋不追啊，懒狗。"

我们站在上面讨论，哪有那么大的兔子啊，是狐狸吧，但我们这里不可能有白色的狐狸啊。

之后，村里就不闹黄鼠狼了，几天后，大伯说刘庄开始闹黄鼠狼了，鸡被偷走了十多只。那山里的大沟很深，得折腾好久。

# 打先锋的麻雀

我六岁那年,我们那里阳光充足,雨水丰沛,树木参天,男人女人身体壮硕,井里的水突突直冒,每家每户都养着狗和猫,甚至有些人有闲心养起了荷花和睡莲。在我的记忆里,那段时间也是那里人口最稠密的时期。

所有的事物看上去都欣欣向荣。

在夏天快结束的时候,一个下午,我突然听见从沟底发出了杂乱的吵嚷声,持续了几个小时也不见停歇。那些声音尖锐蓬勃,划破长空,直冲云霄,像能落到云彩上似的,那是一种人在极快乐时才会发出的声音。

在此之前,我从来没有在我的世界里听过那种声音,到现在我都没想明白自己此前为什么没留意过那种声音,可能那时我对声音不够敏感吧。

我循着声音找了过去,看见刷了白灰粉的围墙里有花园、有屋舍,还有上百个在空旷的平地上戏耍打闹的娃娃。那天,我才知道这是学校。

回家后我便叫嚷着要去上学,爷爷说我还差一岁呢,不能去。我闹得没完没了,爷爷疼孙子,于是带着我去报名,校长说今年报名的孩子太多了,教室都坐不下,明年再来吧。

我从校长办公室出来后,站在院里,看见在烈日下,一群一群的小孩子满院子撒欢儿,就像黄鼠狼钻进了鸡窝,鸡不知道往哪里跑才好。

我在家等了一年。

那一年我每天路过学校时都格外注意里面的动静。第二年,我报名上学那天却出水痘了,爷爷去帮我报上了名,并捎回了校长的话:"出完水痘就来上学吧。"

那时正是农忙时节,我的家人一整天都在地里,我只有晚上能见到他们。父母在房间里放了很多食物,还给我讲了很多吓唬人的例子,防止我从房间里出去吹到风。

我只能趴在窗口瞧外面的世界:早上那棵椿树上落了一只喜鹊,我看着它蹦蹦跳跳;后来一只啄木鸟又来树上寻寻觅觅；接着树干上趴着一只天牛，它最后掉到了地上；院子里陆续来了几只猫，巡视一圈后又去了下一家；大门口进来一条狗，走了三四步后停住，探头看了看转身便出了门；一只叫不上名字的鸟落在了对面的屋顶上，吹了吹风，又继续赶路了。

之后我更加仔细地观察周围，便注意到了光线的变化、每截院墙的光照时间、树叶的舞动的样子、每棵树在风中的声音的差异，还留意到了那些小动物偷偷到了别人家时蹑手蹑脚却又满心兴奋的贼鬼相。

我这才留意到家里每个角落在不同时间的样子。

当村子里的人都在地里忙活时，村子的其他生灵原来是这样的自觉。它们按照自己的逻辑更替着昏晨昼夜，事物原来就是这般偷偷改变了的。人们某天会发现，一只猫怎么壮了，一条狗怎么大了，一棵树上怎么出现了缺口，朝阳的那面墙怎么被雨水冲薄了。

我也是在这时才知道，原来耐心是递增的，有了独处的锤炼，才能到静那里去；到了静处，还有比静更有况味的、不同程度的静，这些静能停驻下来，并保留在人的心里。如今，我三十多岁了还能回想起当时那个七岁小孩子内心的平和，这种感觉每每从心头流过，那种满足感是甜的，带着能贯穿人一生的坚定幸福。孤独是单调的，只有与自然寻求共处的孤独才是更加值得的、充盈的。

几天后，爷爷出门前在一根木棍上拴了条长绳，从院子里牵到屋里，把绳子的一头递给我，让我躲在门缝后面套麻雀。另一头的木棍顶了一把大筛子，下面撒了一把麦子，他说，套到了麻雀别放出去，晚上他们回来再捉。

他们下地时是早晨，我等了一个多小时，也没见一只鸟儿下来，等得犯困，回炕上睡了一觉，醒来后又坐在门缝后面等。院子里的墙影到正中间的时候是下午三点，这时我才在墙头上看到了一只麻雀。它左看看右瞧瞧，在这边蹦蹦，又去那头跳跳，似乎没看见筛子下面有麦子可吃。我暗暗夸它，这鸟儿聪明，刚夸完，它便一个飞跃，冲到了筛子下面。它没有停留，从筛子下面直飞了过去。麻雀飞行的速度很快，就像子弹。我明白，它是在试探。过了几秒钟，它又穿行了一次，这一次的速度比上一次更快，一个俯冲下来，又拔地而起上了屋檐，然后就站在屋檐上不动了。它看了又看，随后又在筛子周围盘旋了几圈。和其他鸟儿相比，麻雀有个比较厉害的技能，它们在飞行中还能加速冲击，好似在原地腾起，这种能力让它们敢亲近人，让人感觉明明触手可及，它却瞬间飞逃了。

很多人能抓住麻雀，是用弹弓打到了它们的翅膀，一般都是在它们成群结队地飞时误打误撞打到的，没人能打得下一只单独出行的麻雀。

试探几次后这只麻雀胆子渐肥，它在筛子上站了几分钟，脑袋时而缩起来，时而伸直了往筛子底下看。我担心它会把筛子踩得晃起来，木棍撑不住就会倒下，游戏就这样结束的话，着实令人伤心。

没想到，我所处的这排房顶上早早就有十多只麻雀，它们都在观赏我看到的这种景象，只见它们瞬间就像一匹拉开的绸缎，纷纷滑了下来，飞到了筛子周围。

我当时想，十多只麻雀在屋顶上观看那只"先锋"麻雀的各种试探时，它们肯定也相互讨论了，并且内部意见并不统一，但它们没有发出一声争吵，因为静悄悄的村子、沉默的院子与平日无二。

接着，我看到有一只麻雀站在筛子上，另外十多只麻雀都围在筛子张口的这半圈，呈扇形排开，几秒钟后，其中一只飞到了木棍上，斜着站住，其他麻雀在地上开始欢腾了。它们在院子里胡乱飞开，没有任何规则，乱七八糟的，我的视线没跟上，不知道它们炸成一锅是因为开心，还是因为一只同胞打乱了计划所以在生气呢。

之后，一只麻雀先撅着屁股叨到了一粒麦子，它的脚正好站在筛子口的投影的边沿，随后就有几只麻雀直接进去啄食，它们沉浸在地上的那一撮食物中，把这个被它们识破的陷阱忘得一干二净。

它们吃得欢实，我心里却开始矛盾：我是拉绳子呢还是不拉呢？抬头看见有几只火燕也飞了下来，钻了进去。

它们的激动和欢愉就像我在学校里看到的那群娃娃一样，无邪，纯真，满怀快乐，毫无顾忌。

我看着它们一粒粒地把地上的麦子啄完，一只只悠闲地飞走，最后只剩下那只站在筛子上的麻雀了。

它始终在那里没有动弹。

当院子再次静下来的时候，那只麻雀往后一蹬，筛子扣了下去，结束了这场游戏，它也飞向院外，消失了。

# 每年到家里来一趟的蛇

蛇都是往高处走的,这话不知道是谁说的,但我有证据证明,这是个歪理邪说。

我最怕这种凉凉软软的动物,但有一年秋天,老苏家的成年男人都不知道干什么去了,家里愣是没留下一个。

爷爷生前一直说埂子下面的那三棵矮沙棘树后面有一窝蛇,我们一直以为这是他编瞎话吓唬小孩子的,怕小孩子去埂子上玩摔下去。

后来有一年冬天,大伯说他确实见过有一条大蛇,就盘在那三棵沙棘树上。我站得老远看过那三棵树,它们一字排开,长在一个土坎上,从上面看它们很小,但从下面看它们异常大。尤其是冬天,当所有的枝叶都掉落了，只有沙棘的小枝还存活的时候，它们就像三个长刺的巨型大圆球定在那里。

大伯说爷爷在世时每年都会拿铁锹那样长的镰刀割一茬沙棘，不能让它们长得太大，也不能长得太茂盛，不然都看不见里面藏着什么东西，来了危险都没个准备。我们也想过把三棵沙棘连根拔掉，但后来看到了有蛇住在里面，只好作罢。我们那边的习俗是，第一不能惹蛇，第二不能伤蛇，因为蛇是与人福祸相依的神物。

后来，每年割沙棘树就成了大伯的活儿，他割不动了，就变成大哥的活儿。大哥喜欢编瞎话吓唬我们，他说自己看到过那蛇，它是灰色的，像胳膊一样粗，舌头吐出来像腰带一样长，所以我们千万不能去那一块的埂子上摘杏子、溜土坡。

之后，老苏家的这块埂子上被老苏家的小孩子开辟了很多路，千奇百怪，弯弯扭扭，就像动物刨出来的。我们走到哪里就往前刨一把，接再着走一步，看上去就像一张有山有水的地图，只有三棵沙棘树附近的那一块地总是平整的。

那年秋季，一条小灰蛇盘踞在老苏家门前的道上，盘成一盘蚊香的样子，一动不动的，悠闲自得。它可能是从窝里出来纳凉的，或者因为贪玩就在路边多待了一会儿。它和筷子一样粗，好多人围着看，小蛇油光发亮，皮肤上星星点点，像极了鹌鹑蛋的外壳。

奶奶站门前叹气说："这可咋办，要是没人捉就得赶走了，万一钻到家里去就不好找了。"

但没人敢去捉蛇。

当时家里的男子中当数我最大，我便硬着头皮上阵了。

苏庄人放生的蛇都会被放到山头的林子里。传言说，蛇只往高处走，于是奶奶也让我把蛇往高处放。我戴好手套，还是不敢去捉蛇，也不敢把它放进袋子里，就拿了一把铁锹，让它爬在铁锹上，但是铁锹太滑了，蛇还会乱爬，每隔一分钟就掉下来一次。

奶奶叮嘱我，第一不能铲伤它；第二不可偷懒把它直接扔到公路上，一定要走到公路的上面去，不然被车碾死就是害命。

我便一边走一边举着铁锹，它往什么方向爬我就往什么方向转铁锹。这把铁锹常年铲地，磨得太滑，蛇掉下去好几次，我只能从土里把它再次铲起来，把它和土一起丢起来再接住，再丢起来又接住，来回五六下才能把铁锹里的土丢净，不然铁锹太重，我没走到地方就得累趴下。

后来这条小蛇估计被我给丢蒙了，趴在铁锹上再也不乱动，只会一下一下地吐信子。我从家里沿着小道一路走到公路上，穿过公路又往上走了几百米，把它放在草里。它在绿草上游走了几下，突然在我眼前消失不见了，我挤了挤眼，仔细看了看，确实不见了，就像凭空沉到了草丛中。

我仰起头，抖了抖酸胀的肩膀，看了看山头，心想，它往林子里去估计得走一个月吧，那时候就快过冬了。我往下走几步就回头看一眼，再往下走几步，又忍不住再看一眼。不知道它能否找得准方向，能否寻到安身之所。

回家后我立刻跟奶奶汇报了，奶奶夸我做得不错，没想到我是个不怕蛇的人。我说："我连蚯蚓都怕，这蛇可吓死我了，但没有办法啊，我不上谁上呢。"

第二年，在同样的季节，堂弟跑来家里喊我，他说又有一条蛇盘在道上，比去年的那条大，让我赶紧去看看。我出去看了看，这一条蛇和去年的那条长得一模一样，我说："这不会是那条蛇的兄弟姐妹吧，来寻去年的那条蛇了。"奶奶说："还是按照去年那样，往上走走放生吧。"

这条蛇比去年那条粗了不少，也长了不少。它在铁锹上待久了就会往铁锹柄上缠过来。我怕它兴致来了扑到我脖子上来咬一口解馋,每当它爬到铁锹柄的中央的时候,我就会掉个方向,把锹铲拿在手里。这条蛇比较顽皮,一见我换方向,它又掉头朝反方向爬。总之,我的手握着什么方向,它便朝什么方向爬。

走到上一年放生的位置,蛇还缠在铁锹柄上,我把铁锹放在草上,想等它自己放松后离开,这家伙在铁锹上来来回回,就是不走。我等在路边都快要睡着了,便对它念叨:"你赶紧走吧,我回去还有事呢,你赶紧上你要去的路,从这到林子里的距离还长着呢!你以为你长大了路就短了吗?长大了路也短不了,还是得一节一节爬呢。"

我说完这些才发现,这一路走一路看,我早就把它当成了去年的那条蛇。可能是我在路上看到了它们的什么相似之处,让我产生了联想。

返回家的时候,我看着这条蜿蜒的、我从小走到十几岁的路,觉得它并没有因为我长大了而好走一些,很多时候我长大了反而觉得路更长了。

小时候我觉得这条路很短,跟在大人身后嬉嬉闹闹、蹦蹦跳跳地随便走就可以了,可是后来我自己一个人上学，一个人赶集，在雨雪中，在大风中，在心情不好时，在难受时，这条路就特别长、特别黑。

一个人的路总是最难走的。

第三年，我家门口出现了一条大蛇，通体粗壮，头也大，看上去比前两年的蛇凶恶得多。这一年正好大哥在家，我和大哥两个人一人一把铁锹，要一起把它端在两把铁锹中间才能盛得下。把它端在铁锹上费了我们不少工夫，一把铁锹盛不住，它总是会翻个跟头掉下来，两把铁锹一起铲，又怕把它铲伤，只能用一把铁锹把它往另一把铁锹上拨。后来我们想到可以把它扣到两把铁锹中间，直接压着端走，但这家伙力气巨大，两三下就翻开了，而且看起来还有点生气。最后我们只能把两把锹铲拼在一起，端着它走。蛇很重，我们走十多分钟就要放下铁锹休息一下，我问大哥："这蛇放生后都会去树林子里吗？"

大哥说："那怎么可能，有些蛇就近找个地方就住下了，有些走着走着，看哪个地方不错，自己就搭个窝，成个家，就活下去了。蛇和人一样，走累了就住下。命好的能住一辈子，命不好的遇上了天敌还得继续上路。走啊走啊，就为寻个家呢。"

我说:"这些蛇都是从那三棵沙棘树下上来的吧。"

大哥说:"是,那地方的土特别干,还很松,特别适合蛇生存,雨水也进不去。"我感叹那三棵沙棘树结的果子又大又红,根本不像沙棘。大哥说:"那三棵树有可能不是沙棘树,谁知道是什么怪玩意儿。"

我说:"这蛇再大一点,怕是要伤了人啊。"大哥说:"这蛇都不进人的家门,不咬人,你看,家门口有蛇之后老鼠就少了,其他偷粮食的害虫也少了,就是吓人得很。"

我们把蛇又放到了去年我放蛇的地方。这条蛇在草上盘定后还好好休息了一番,我好奇它为什么不赶紧走掉。大哥说:"这是条老蛇,聪明着呢,它是怕我们知道它要去的方向,怕我们知道它下一个家在哪儿,所以等我们走了它才会走呢。"

我说:"这不是条老蛇,这就是去年那条蛇,我看到它脖子上有一处印记,像个桃子,这三条蛇长得一模一样。"

在回去的路上,我想,这条蛇估计是每年要回一次家的。

次年夏天,我离开了家,再也没有听家里的人说看见过蛇的事情。

第四辑

# 亲戚

# 每天傍晚出现的羊

第一次看见二姨家那条山谷时,我就有种想死在那里的念头。那条山谷充满了神秘感,好像不被任何活物打扰,只有草木花香和更替的四季。

小时候二姨家旁边的那座山一直都是我想象中的世界的尽头。那座山不仅有传说中的树精,山底下还有一条望不见尽头的大山谷。我之所以有这样的认知还有一个很重要的原因——那座山只有通向镇里的路,没有通往另一边的路。那条山谷决绝地把人隔在了这边。

我第一次见到这条山谷是在一个大雾天,当时诡谲万分。小时候,我以为晴天时就能看到它最远处的边界了,但晴天时拿着望远镜看却还是看不到尽头,只能看到一片明晃晃的、类似河面的明澈。

这条山谷里有数不尽的"土钉子"。"土钉子"是我们那里的土话,因为它的形状类似钉在山谷中的钉子,空荡荡的山谷里钉着成百上千个"土钉子"。这些"土钉子"看上去都是一副纤细而弱不禁风的样子,却很少会被风雨侵蚀。山谷有几丈深,从未有人下去过,偶尔会有几只羊不慎跌落进去,人也无法搭救。

夏天的时候,山谷里开满了狼毒花。太阳一晒,满山谷的香气就往山顶上飘,那个味道好似吸纳了特别饱满的日光。直至现在,我对二姨家那座山的记忆就是狼毒花被阳光炙烤后的味道。

长大后我才知道,那些"土钉子"被称作雅丹地貌。"雅丹"在维吾尔语中是"具有陡壁的小山包"的意思。

雅丹地貌通常出现在平地上,而这条山谷里的雅丹地貌出现在两堵崖中间,所以整体就高了很多。我去敦煌的榆林窟时,刚从入口下去,就有种很熟悉的感觉。

很难考证二姨家旁边的那条山谷是由什么原因形成的,有传言说那里曾经发过大水,但目前活着的人从未见过这种事。这山谷里的树也长得粗壮高大,一打眼就能看见的是洋槐树,槐花开的时候,星星点点的白就像一整个山谷独自在下雨。

这座山上的地都很大,一块地能有十多亩。虽然偏僻,但这里很早就实现了机械化耕种,牲口极少,人们养的也都是经济型的牲口,养来是为了卖钱的。有一年雨水过于丰沛,机器在地里寸步难行,都被泥绊住了,无法使用。二姨家有块地种的是胡麻,这茬不翻出来,来年就得荒废一年,于是二姨找我家的牛去翻地。

这年我家同时养着三头牛,其中一头是刚出生不久的小牛犊子,是我们家的第三头牛。它毛色发黄,蔫了吧唧的,不像它的哥哥——那头软脚牛那样毛色发红。两头小牛是同一头公牛配的种,但生下来却有很大的差异。这小牛犊长势慢,久久不见拔个头,是个怪胎,但它很贪吃,时不时就会去吃奶,没个够。母牛不仅要干活,还得喂它,被折腾得有些消瘦。

母亲想给小牛犊子"断奶",惯常的办法是在母牛的奶头上抹油,结果这小牛犊子根本不抵触抹了油的奶头,母牛到哪里它都得跟着,不然就挨饿,吃奶的周期延长了很多。

那年的雨总是早上下,中午就停,然后出太阳。

父亲和我会在下午三四点赶着三头牛去二姨家的地里翻地。因为是胡麻地,地皮看着干,但翻开后地下很湿,水都从胡麻根眼里钻了进去。这对牲口来说是件好事，因为走上去很平整，却苦了跟在犁后面的人，得穿雨鞋，一脚一脚全是泥巴。因为地在山谷边上，在山的背面，正好朝西，所以每天都能看到晚霞。"晚霞行千里"的说法在这里是行不通的。

第一天，我们从靠埂子的地方开始往外翻，天黑前只翻了一步宽的地，两头牛都走不动了，只能歇了。刚开始小牛犊还跟着母牛来来回回，后来就站在地中间不动了，左边踅摸一下，右边嗅一嗅，还要吃两口槐树叶子。父亲让我看着它，别吃了不该吃的东西，牛犊太小看见啥都想吃。我真想给它戴上笼嘴，但家里的笼嘴都是给成年牲口用的，给它戴上不顶用，还徒增麻烦。我听说过小牲口被大笼嘴绊倒，然后掉到梗子下摔死的事情，心里隐隐作怕，便死死盯着它。小牛犊走哪儿我就跟到哪儿，在距离它十多步的地方看着。小牛犊总是一副憨憨的样子，抬头看看天，低头用嘴滚滚土块。这牲口和人一样，要等某天"醒"过来才能认识世界呢，"醒"过来之前都是脑袋空空的。

第二天，地耕到一半的时候，我拔草拔累了，挺直腰看了眼小牛犊，发现它旁边站着一只小白羊，个头和它一样大,犄角和胡子都有了,看着是只成年羊。胡麻地里总有很多冰草需要除掉,不然草根儿会搅到犁上,犁头就插不进土里去。

我朝四周的地里望了望,想寻找其他羊,但却一只都没见到,一般羊都是成群结队的,没有谁家会单独养一只羊。兴许是羊群路过丢下的,过不了多久便会有人会来寻。我连忙跟父亲说有一只羊和小牛犊子玩呢!

父亲回头看了一眼说:"哪里来的羊,你眼麻了吧?"

我回头又看了一眼,确实只有一头小牛犊子在那里站着。在霞光中,小牛犊子的毛色终于不黄了,火红火红的。

晚上我把牛赶到了牛棚,在灯下,小牛犊子的毛依旧是浅黄色的,一副营养不良的样子。那晚入睡前,我又想到白天看见的那只羊,之前它明明在我眼前晃悠,怎么突然就不见了呢?

第二天去耕地时,我始终盯着小牛犊子,也盯着地边,我在等那只羊出来。等不到它出来我得闹心病。等得我口渴得不行,心里着急容易口干,我大口大口地喝水,把父亲的水也喝光了。我借口说今天中午的饭有点咸了,所以渴得不行。

后来我把自己折腾累了,在地脚把草铺成一张床躺下，我怕小牛犊跑得太远，就用长绳子做了个缰绳，另一头拴在我得脚脖子上，这样睡了一大觉。

当我醒来时，看见一只羊站在我脑袋旁边吃我身下的草，小牛犊子也站在旁边。我一把抱住羊羔子喊父亲看，父亲说他早看见了。我们那边不管大羊小羊，一律把羊叫作羊羔子。

羊羔子和小牛犊子在地里撒欢，你追我赶，把地都踩开了。我说这下好了，太阳一晒，本来这地就硬板，这下它们给踩瓤一点，也好拔草。

一到太阳快下山的时候，那只羊就不见了。

我回去问二姨，二姨说："可能是山背后的那个独庄里的两户人家养的羊。"我说："山背面还有人家啊？"二姨说："是，那边有两户人，都比较奇怪，觉得住在大庄里吵，就迁到那边住了，已经住好些年头了。"

下一天，我到地里后一直三心二意的，趁父亲不注意，我把小牛犊子拴到了路边的柳树上，便去寻那两户人家。我沿着田埂走过一个山湾，远远地就看见沟深处的那两户人家了，他们住在一个窑凹里，借着窑盖了几眼瓦房。我没往下去，直接就排除了那只羊是这两户人家的说法，因为往下去得走上一个小时才能到，一只羊来回得走两个多小时。我返回地里后,看见那只羊站在小牛犊子跟前,蹦蹦跳跳的,看得我开心极了,我上前解开小牛犊子,它俩迅速跳进地里又撒开了欢。

接下来的几天,每当我不留意时,羊羔子就不见了。于是我扛着铁锹给自己壮胆,想去找找附近的哪块地里有羊圈,那只羊羔子有可能就住在里面,所以它才来得快,走得也快。

没想到这一找把我吓了一跳,那附近竟有几百眼窑,前面都是羊圈,那只小羊羔子躲到任何一个窑洞里,我是都寻不出来的。

二姨告诉我,这个庄子之前就是放羊庄,因为偏僻、地薄,大家都放羊,山大,羊在山上可以啃一天草,好放。梯田没修好的时候,站在山脚下就能看见山坡上的羊,眼神好的人还能说出数来呢。

这下我安心了,这羊羔子肯定是被人落下了,才躲在窑洞里的。二姨又说,那山谷里掉下去过不少羊,有时候还能看见几只活着的,有几个人在腰里拴上绳子打算下去抓几只回来,但下到中间就都上来了。那悬崖看上去只有几丈高,但只要下到中间就会发现,崖上的土没有一脚能踩实,土一碰就流,像沙子一样。

我说，也许羊能自己上来，羊都能自己上房顶呢。

二姨家的那块地耕完后，父亲和我吆喝着三头牛出了庄，上了山顶，小牛犊就停住不走了，站在山顶"哞哞"叫。我突然想起来，每天这个时候，小牛犊子总和羊羔子在一起玩呢，今天小牛犊子要回家去了。

牛犊"哞哞"叫的声音荡在山梁子上，又飘进山谷里，我也定耳听着沟底的声音，想听见一声"咩"，等了好久好久，都没有一个回声，我给小牛犊子套上缰绳，准备牵着回家，但它不走，还是"哞哞"叫。

那一刻我似乎看见一阵风扫过满山谷长势迅猛的狼毒花，那些白色的花朵被风扫弯后露出满山谷粉红色的茎来，而后它们又直起头，再次白花花一片，一只羊在里面蹦蹦跳跳，让人好生羡慕。

回来后几个月，这头浑身发黄的小牛犊子的毛色就变了，红艳艳的毛很快长了出来，身材也开始变得高大，成了我们家块头最大的一头牛。它的母亲老了后被卖掉了，后来它的哥哥力气跟不上也被卖掉了，而这头牛在我们家里养了好多年，生了好几头牛犊子，其他牛耕一茬地就被卖掉了，这头牛一直养到我母亲再也养不动牛了才被卖掉。之后，我家再也没有养过大牲口。

# 会哭的树

树精是一棵树。

方圆几个村子里,凡是活得泼烦、想死的人都会到这棵树上吊死,也不知道为什么,大家走着走着,寻着寻着,选着选着,最后都会选定这棵树。

后来我看到这棵树时才明白,这是因为这棵树真的会哭。

二姨父算过,在这棵树上上吊的人有十七个之多。

在没见过这棵树之前我就想过,这棵树难道会说话,还是会说什么甜言蜜语,怎么那么多人都选它来上吊呢?

一个大雨天,表姐摸黑到了我家,她要赶第二天从镇上去县里的班车。擦干头发后她给我们拿甜豆子[1]吃。我问甜豆子是哪里来的,她说她爬到山头上时看见有一整块地里都是甜豆子,她便下去偷摘了一些,还看见树精了。

我说:"树精不是在林子里吗?"

她说:"我们村要修路,推土机推出来的新路居然从树精旁边过去了,现在树精就在村口。"

我惊喜地说:"这下子看树精方便多了。"

我问她这棵树现在啥样了,她给我描述了一番,我一直没听太明白,不知道她叽里咕噜地说什么。

我还是决定自己去瞧瞧。

树精的事我从五六岁听到了十岁。第一次是在我表姐家隔壁的小姑娘嘴里听到的,但只听过没见过。那天我和她坐在秋千上玩,她说她看见小兔子从树精里钻出来过,我不信,她便要带我去看。我们准备下午出发,她在收拾干粮时被爸妈发现,就被关在了家里,我去她们家院墙外面喊她出来,她说这次出不去了,要回头再说。

后来,我妈妈半真半假地说要让那小姑娘给我当媳

---

[1] 甜豆子:甜豌豆。

妇，表哥就把这件事听进去了，一念叨就是好多年。现在我都三十多岁了，表哥闲来无事还会说起那个小姑娘要带我去看树精却被她爸妈关起来的事。

那片林子深得厉害，要进去也得在早上，下午进去后，如果天黑前出不来就寻不到方向了，是走不出来的。

后来，每年去我表姐家的时候，我都会见到那个小姑娘，她长得很快，有几年比我都高，很快成了个大姑娘，而我还是个小锉个子，皮肤黝黑。记得后来有一年，她跟我说，她看见树精里有一窝蜜蜂。还有一年，她见了我就开始害羞，不往跟前来了，而是躲着走，我老远就问她："树精怎么样了啊？"她羞羞答答地说："树精里现在有蛇，别去看了，很危险的。"

在二姨父的口中，这棵树很壮硕，树皮比一般的树黑很多，树身上长满苔藓，根部沟壑纵横。它枝叶开散，悄悄地躲在林子的深处，是某些人结束生命的地方，一年四季总能从这棵树上摘下尸体。

在表哥表姐的口中，这棵树是他们那里很值得说的一个东西，可能整个县再也没有那么大的树了。树上还结了各种各样的东西，谁也说不准它是什么树，前几年还长得像柳枝，后几年就变成了杨树叶子。理性一些的人说那是四棵不同的树被人种到了同一个坑里,所以从不同的方向看上去就是不同的树。

我独独喜欢听那个小姑娘说起这棵树。她口中的这棵树有时候是家,有时候是宝盒,有时候是矿洞。她还说这棵树会流眼泪。

表姐来我家的第二天,我送她上了去县城的班车。那天阳光很热辣,地皮被烤出了裂纹,我打算一个人走四十多分钟去看看树精。

我还没接触到地图的时候,一直都以为表姐家那座山后面再也没有人家了。我曾经无数次站在那座山最高的地方,望向远方那连绵不绝、高耸入云的山头,以为那就是某种边界,那边就再也没有人类了,因此那座山上的生灵在我心中都多了几分神秘。

因为是新开的路,地基还没有夯实,沙子也没有铺上,踩上去就像泥浆一样。我一路蹦蹦跳跳的,挑被人踩实了的脚印,一步一步好不容易到了村口,当时就精疲力竭了。在村口,我看见了新立的村名碑,红漆在太阳下发散着浓重的味道。我往下走了几十米,在一个凹进去的坑里看见了树精。

树精的上面三分一处被雷击折了,树冠向里斜倒在地，巨大的树冠完整地遮住了半亩地，幸好倒向了里面，底下还压着十多棵其他的树。被劈开的地方有一半被烧焦了，火虽然已经熄灭，但木头还冒着白气，另一半裸露出新劈开的白色枝干，被雨水浇得有点发黄，空气中混杂着灰烬和木屑的味道。

我看到这棵树的时候有种久违的亲切，像见到了一个熟人，惊叹，又有些伤感。我没有一下子就把它的全部都看在眼里，而是从它的根部往上看，一眼一眼地看。

因为昨夜暴雨，这棵树原本被埋了一半的树根都被水冲出了全貌。路在它的脚下断掉了，树根如同藤蔓一样错综复杂，根本厘不清哪一根是头、哪一根是尾，乱得让人心慌，就像上千只鸡爪子，瘦骨嶙峋地缠绕在一起。经过雨水的冲洗，上面的根须丝丝分明。树皮黑得发亮，却很粗糙，不像杨树的皮那么光滑，不如桃树的皮温润，也不像柳树的皮那么细致、纹理分明，每一道凸凹都显得十分恐怖。还有几处看起来像张开大口的魔鬼，有几处看上去像被挖去眼球的眼眶。这便是我站在路的正面所看到的树精。

我跑到它的右边，那里不知何故已经被人锯开了一个豁口，就像要把它的肚子掏空一样。我蹲下来，透过这个豁口看过去，看到了那条在群山之下奔腾的河，因为雨水的加持，河水正在激流翻腾。

接着，我把头伸进豁口，看到了年轮。我数了数，因为没看到整棵树切开的横截面，没办法算树龄，年轮弯弯扭扭，里面的木质颜色不一，呈现出各种不同的质地。

我又转到它的左边，看到有几根缠绕着它的枝，不知道是它自己的枝，还是别的树的枝。单独看某一根就像它的拐杖，但将三根连起来看又像是一个门框。我想，如果在原来的林子里看到这扇门，钻进去的话，兴许能到达另一个奇异的世界。

我跳进坑里，这才看到树的底部有一个洞，洞口被磨得很光滑，是动物常年进出才能磨出来的那种光滑。

之后我听见有人说话，便从坑里爬了上来，原来是村里人来修路了。有人说他昨天半夜就看到这棵树被雷击中了，这山上的树总遭雷击，这回终于轮到这棵树了。

有人说："这棵树晦气，没人砍，这回倒被雷给砍了。"

我转身打了招呼，便往我二姨家走去，走了不一会儿转身又看了一眼树精，这才发现，从这个位置看上去，这棵树中间的位置像是长着一只眼睛，下眼角的位置还有一道深痕，看上去真像一行泪。

不知道那些选它结束自己生命的人是不是也看到了这只眼睛,但我可以确定,每个人心中和口中的树精都不一样。而在我心中,它确实是我在十岁之前见过的最大的树。

这棵树在我心里一哭就是几十年,到现在还眼泪汪汪的呢。

# 去驮水就逃跑的骡子

我和弟弟去三姨家玩,三姨家住在我们这个镇和另一个镇的边界处。去她家要先翻过两座山,然后沿着沟走一个小时才能到,她家住在悬崖边上。

我问过这是怎么回事,他们说刚开始这个村里的人都住在山上,后来取水太麻烦,一些人喜欢外面的世界,就往外面搬了。而喜欢这里的人就要往离水近的地方搬,只能搬到峡谷附近的山崖上,没想到最后搬来的人有这么多,居然形成了一个村子。

我们家住在山上,一般是去挑水喝,但三姨家离水源要远一些,得用牲口去驮水。养的牲口除了耕地外,还得每天驮一次水。

我特别喜欢三姨家,她家旁边的那条沟深得充满了奇幻色彩。从她家的山崖上下去就进了一个峡谷,峡谷里有各种各样的石头山,这些石头山的颜色万千不一,站在峡谷里有种看遍天下奇景的感觉。那片峡谷实在太长了,总感觉从这边下去,在里面走一辈子也走不出去。我每次都会试着多往前走一点,想看看前面的风景,这时候夕阳就提醒我该转身出峡谷了,不然晚上就要喂野猪了。

这峡谷徒有虚名,峡本应该是夹水的地方,水应该很充足,可这峡谷里只有两眼小泉,水眼很小,刚刚足够住在两边崖上的人吃喝用度,再往下所有的水都是咸的。

十岁那年去三姨家,我走得太累,到她家后我就睡着了,一直睡到下午四点,醒来后我发现院子里没人,便跑出去问隔壁的邻居,邻居说三姨她们去驮水了,刚走不久。

我回院子里看见房檐下的空水桶和圈里的骡子,于是去圈里解了缰绳,牵出了骡子。这骡子的个头还没有一头好驴高,毛色倒是不差,猛一看是黑色的,但看久了才发现棕色的毛居多。我装上骡鞍,把两个水桶放上去,锁上门,牵着骡子往峡谷里面走去。

走到要进峡谷的陡坡时，骡子停住不走了，我怎么拉都不行，我以为它害怕了，等了半天。这时，路边有头驴先下去了，骡子看见其他牲口下去了，它也便敢走了。

我和骡子跟着驴走了一段路，来到第一眼泉边，泉边围着的一众人都在装水，却不见我弟弟他们，我想他们肯定是在下一眼泉水那里，便牵着骡子继续往下面走。

这时候有人问我："你怎么把这头骡子牵下来了？"

我很疑惑，便回他："这骡子不能驮水吗？"

另一个人嗤笑道："这骡子在我们村是出了名的犟，你赶紧把它牵回去吧！一会儿它发飙了，够你受的！"

我说："来都来了，装点水再走。我不信它还能翻了天！"

其中的一个人说："别往下走了，你装上我这一桶水，赶紧回去吧。"

我说："行。"

几个大人帮忙给骡子装了两桶不太满的水，我牵着骡子往回走，刚走没几步，它就开始尥蹶子，没几下就把桶抖了下来，然后自己沿着崖边的那条小路疾驰而去。我看着它一路狂奔卷起的尘土，一时没醒过神，瞬间它就爬上崖去，消失在我的视野里。

我身后传来泉边那些人的笑声,他们笑得很满足。有人说:"你看,这骡子还给你驮水呢,它没把其他牲口挤下崖就不错了。"

我有点生气,自己扛着水一步一步地往崖上走,到了三姨家门口,看见那头驴正在门外的槽边嚼草呢,我就顺势把它拴在了槽上。

再晚一点三姨一行人就回来了,我说了事情的经过,三姨说这骡子来到家里后,每次驮水都会这样逃跑,现在他们已经不让它去驮水了,净折腾人,所以每次驮水都会把它留在圈里。

第五辑

私货

# 借宿的鸟

在后来的生活中，每当看见一只落单的鸟，我就会想到那只在雨夜里曾和我栖身一处的叫不上名字的鸟。

我时常觉得，每一只独自飞行的鸟和在深夜的城市中蜷缩在床上的我们并无区别，都要独自面对"狂风暴雨"，都对未知的飞行充满期待和顾虑，就像每个在路边踽踽独行的陌生人。

我高中时就离开家独自生活了，当时住在一个废弃了的供销社的车队宿舍里，住在这里的人自发地重组，形成了一个小型的社区，各色人等都租住其中。住在我隔壁的酒鬼黑脸大叔闲来无聊时曾统计过，加上后面的三栋楼和十多排平房，这里一共住了四百多人。他说都赶上供销社车队还在运行时的人数了。

我住顶头第一排平房里的第二个房间，左手第一个房间的外面是一面很高的墙，墙下面是一栋楼。这栋楼是长途汽车站职工的家属楼，我每天都会站在墙根看行人，看他们上了哪辆车，都带了什么行李，猜他们是什么关系，我常常根据这些猜测在心里演绎出一个个故事，就像是给自己不停地播放一部部精彩的电影。这对我来说就是个游戏，让我沉醉其中。

我住的这一排平房前面曾是供销社的商店，现在改成了旅馆，因为设施陈旧，常年没人居住，空成了鬼楼。我经常看见服务员拿着扫把赶走偷偷住进去的乞丐，后来旅馆改成了出租床位，一张床一晚上十块钱，这里的生意从此火爆了起来。

我那间房子的地面是用青砖铺的，中间陷下去一个坑，我经常琢磨这个坑下面有什么，越想越害怕，但没有勇气扒开看看。某一天我洗脸的时候看见脸盆铁架子下面的砖有些松动，就踩了一脚，结果越踩越松，便扒开砖头，这才发现下面埋着一箱白酒。

随后我喊来几位同学，买了几个小菜，把酒喝了。

喝完我就后悔了，因为房主万一哪天来寻酒，我就有麻烦了，赖也赖不掉——房主是我姨夫，这房子也没有外人住过。

我在那里一边住着一边担心。半年后的一个中午，姨夫来找我，我以为他是来寻酒的，结果他都没进屋，把我喊了出去。他站在太阳下说，原单位要把这房子收回去，他已经拿了钱，估计不久后就要拆迁盖楼了，不过现在还能住。在拆迁之前电费不要钱，水承包给了个人，还是原来的价格，一桶五毛钱，但大门口没人看了。这地方乱，如果我继续住，就要注意安全，最好加一把锁。

之后的几个月，我觉得这里和之前比没什么变化，平房陆续开始拆除，我开始经常做梦。我梦见自己早上起来发现四面没了墙；梦见我死活都打不到水，水站的水枯了；还梦见我住的房子没有了屋顶，四处漏雨。

不安全感每天都向我袭来，但为了省下租房的钱，我坚持没有搬家，同时给房门加了一把锁。

隔壁的黑脸大叔也没有搬，他说他的房子不卖，等着拆迁赔钱呢，他要坚持做钉子户。

过了两个月，有一天中午我回到屋子里，看到我所住的这一排房子已经拆到了黑脸大叔的屋子跟前，只剩下我们顶头这三间没拆了。我问黑脸大叔下一步怎么办，黑脸大叔正在生炉子，他打算做揪面片，跟我说做好了给我盛一碗，让我中午别做饭了。他还说他不搬，我也不用搬，这三间屋子用的是同一根檩子，一拆就全都塌了，拆迁队不敢动，如果闹出人命可不是小事。

我突然胆子变大了，也不再做噩梦了，打算跟着黑脸大叔再住一段时间，看看情况。

过了一周，我中午回去，看见顶头的那一间房已经被拆了，檩子露在外面，除了挨着我屋子的这面墙，其余的墙被拆得啥也不剩，我这面墙上有几块砖也被抽掉了，我只好打开房门进去堵上那块被拆掉的地方。黑脸大叔站在门外笑我说："你是年纪最小的钉子户。"我说："我可不算钉子户，这又不是我的房子，我只是想省点钱啊。"说话间，外面过来一位穿西装的人，他站在门外对我说："这几天搬走吧，小伙子，你看这墙都松了，塌了你会被埋在里面的，小小年纪死了可惜了。"说完转身就走了，没留下让我回嘴的空儿。

我下午放了学就去寻新住处，当晚没寻到，只能继续睡那间破屋子，这一睡不要紧，睡出了我长达二十多年的噩梦。一直到现在，我还会梦见自己找不到房子，只能回到那间破屋子，窗户上塞满了报纸，没有屋顶，灯也打不开，床板只剩下三根木条，外面狂风大作，大雨降至。后来在异地他乡，没有住的地方了，或者没安全感的时候，这个场景就会变着花样地跑到我的梦里来。

其实睁开眼就会发现没什么大不了的，只是梦把我的这些恐惧给放大了。

接下来的一天，我还是没寻到住处，回到屋子里后，发现桌子上少了很多东西，空空的，怪得很。仔细一想，我少了一台收音机、一台录音机，还有一个台灯和几本书，我连忙去看门上的锁，锁完好无损。我又去看窗，窗也毫无被撬开的痕迹。我心想这是高手，开锁能力很强，这地方确实没法住了。

我踩着自行车往更远处去寻房子，出了城，在新开发的一个村子里看到临街的楼面上贴着租房广告。我朝着一扇很窄的门寻进去，这扇门刚够一个人走过，进去后迎面看到一口井，井口上还有一个很新的水辘轳，是新打的井。井的左侧是一排老房子，它们和前面临街的三层楼之间只有一步之宽，为了盖临街的铺面，老房子都被挤成这样了。这些老房子盖得很讲究，飞檐翘瓦，雕鹤勾狮，一看就知道房主的祖上也是讲究人。我喊了几句，听见后院有人叫我进去。我就小心翼翼地往里走，进去后我有些惊诧，里面满眼的绿色，翠竹、桑树、矮桃，还有很多景观树和一个水池子，池子里养着几尾鱼，我顿觉这是一个颇为雅致的院子。一个穿着西装、卷着裤腿的人问我是要租房子吗，又问我是学生吧，几个人住？一连串的问题，我来不及一一回答，他似乎着急得像马上要去投胎转世一样。

问完我之后，他指了指脚下，说他挖完这一堆土，整平了就得回学校去了，他在市里教书，一周才能来一回，前面那个屋子里只有他妈妈一个人住，老人家半身不遂，还是个哑巴，但耳朵很好用。说完就把钥匙丢给我，让我安心住，还让我至少每隔三四天要去他妈妈的屋里看一次，有事就给他打电话。他又指着立在墙根处的一排全部敞着门的房子说："这一排房子刚盖好，你挑一间住，今年我就盖了这一排，明年我要把院子里的树都砍掉再盖一排。"我环顾了一下四周，心想，可惜了这么好的院子。

他说完就提着铁锹快速地走了。我听见他跺了几下脚，出了大门。

我在院子里转了一圈，选了最中间的一间房子，房子外长着一棵垂桃，从窗户往外看正好成了一幅画，让我舒心不少。

我走过水井，出那道窄门时心想：这门这般窄小，小偷偷个东西都费劲，这地方还真安全。我心里畅快了很多，再往前走几步，莫名感觉背后发凉，像是有人在看我。我好奇地扭头看了一眼水井隔壁的窗户，里面透着一张苍老的、微笑着往外张望的脸，我连忙转身奔进屋子里。有一位大娘正坐在炕上，她衣着干净，屋子里空气也很清新，我对大娘说："我是新搬来的，以后有啥事就招呼我。"大娘一直笑，嘴里啊吧啊吧的。

当晚我就搬到了新住处，收拾妥当后，听到雨滴落在院子里的声音。我走出屋子，站在院子里抬头仰望，才发觉夜雨将至。

我想自己真是好运气，要是在之前那间破屋子里过一夜，肯定没个好觉。

雨越下越大，我原本搬了个凳子坐在房檐下观雨，结果风势太大，只能进屋听雨。

当我打算关上门时，一只飞鸟猛地扑进来，我都没来得及用手挡住脸，它已经跌落在我的桌子上了，只听"砰"的一声，如重锤砸木。

如此重摔，这只鸟恐怕凶多吉少，活不了多久了，我在心里嘀咕。

只见这只鸟浑身是水,在桌子上趴着往前蹭了几下,然后站了起来,一动不动的,身后留下一道水印子。然后它左瞧右看,满心惊恐地在桌子上蹦了几下。我知道了,它的翅膀受伤,不能飞,只能蹦跶了。

雨势进一步加剧,我关上门,坐在床沿上看着鸟,鸟也看着我,我本想抓住它给它擦擦水,又怕惊扰了它,就只能和它对视着。不知过了多久,它身上干了一些,我这才看清它有一身红棕相间的羽毛,身形大小如同火燕,但从尾巴可以确定它并不是火燕。我不清楚它的种类。

它挪了几下,最后在窗台上卧下了。我才明白,这只鸟今晚是要借宿在此了。我觉得它的命和我一样好,我们都算幸运儿。

我接着又收拾起屋子,我有张带三个抽屉的桌子,在中间那个抽屉的垫纸下,我发现了三百块钱,都是干干净净的票子,还连着号。

抽屉里的垫纸是我几个月前新换的,回想一番,我从未在这下面放过钱,这钱是哪里来的呢?不可能是小偷放进去的吧?

带着疑惑,我一边收拾屋子一边问那只鸟:"你说说,这钱是哪里来的？你是一只好鸟，来就来吧，还带着钱干啥？"

第二天醒来，院子里的鸟鸣声很嘈杂，阳光热烈，我打开门，一股新鲜的泥土气息扑进鼻子，在我开门的一瞬间，那只鸟飞到了屋顶的灯罩上。

鸟蹦跳了几下，然后一个俯冲，飞出了门外，在空中一跃，落在了大娘住的那排老房子的黑瓦上，它的毛被阳光照得发亮。

随后它又跳起来往下落了一次，再忽地拔起，越飞越高，最后消失不见了。

三年后，我在洛城办事，去一个广场后面的公共厕所方便，发现公厕斜对角有一座院子。我心想，这院子还挺奇怪的。从公厕出来时居然看见黑脸大叔和他儿子在那个院子的院门外给花盆装土。我上前打招呼，黑脸大叔还认得我，他邀请我去家里喝茶，他说："原单位拿我这个钉子户没办法，最后给我置换了这个院子。"我说："这院子好，能独享外面这么大的一个广场。"他嘿嘿一笑，端起杯子啜茶。

我小坐片刻便告辞了，当我起身时，看见茶几下放着一台收音机，和我当年被偷的那台一模一样。那台收音机已经很老了,很早之前我叔叔把它送给了我爷爷,我爷爷又给了我。

我走出院子,往深里想了好多,随后又觉得可能就是个巧合。

在之后的生活中,偶尔,我会贪婪地觉得有些偶然的温暖是能支撑我一生的,有些人,有些事,有些话。

# 戏精剧场

每个人生命中途经的事物都不同,留住的记忆也千差万别。这些差别与性格有关,也有其他因素的影响,比如对地域的偏好,对时间的感知,对味道的喜恶,等等。每每和别人聊到关于童年的趣事,我总是能想起一些充满喜剧精神的"非人之物"。它们和其同类不一样,在捉弄人这件事情上总是会出其不意,和人类的关系也就变得不一般了。这样的非人之物颇似现在我们所说的"戏精",凭借戏弄人的伎俩,它们在"戏精剧场"中上演了一出出好戏。

## 丢不上屋顶的牙

换牙的时候需要把掉了的牙丢到自家屋顶上,这样长出的新牙才能牢牢地长在嘴里,一辈子都好用。见了爷爷奶奶那摇摇晃晃的牙,我就更深刻地记住了这句话。

我的第一颗牙是在堂叔家的院子里掉的,当时我正在和堂弟玩,突然一颗牙就脱落了,掉在了嘴里,我掏出牙齿赶紧跑回家,把它丢到了我们家的房顶上,我听见牙在黑瓦上叮叮当当响了几下,然后停住了。

我掉第二颗牙时,有了点波折。牙是在学校里掉的,我拿纸包住它,放学回家后赶紧丢到房顶上,我站在院子里又听见叮叮当当的响,但牙从房檐上蹦了下来,在院子里滚了好一阵才停住。我把它捡起来再次丢上去,故意往远了丢,然后又听到了叮叮当当声,声音越来越近,像下雹子,起初瓦上有被敲打的嚓嚓声,后来牙齿顺着瓦凹开始往下滚,又滚到了院子里。

我有点气恼,捡起来看了看,想弄清楚是咋回事,原来这颗牙是后牙,圆咕隆咚的,而我掉的第一颗牙是前牙,是尖的。于是我搬了个梯子,爬到屋顶上去,把这颗牙放到瓦下面。

我后来掉的那些牙，每次都丢不上房顶，都会滚下来，我只能爬梯子把它们给送上去。

直到现在，我的一口牙没有一个是坏过的，或者是出了问题的。

后来我们家拆旧屋，弟弟说他在屋顶上拆瓦时找到了我的八颗牙，我问他咋知道那是我的牙，他说他的牙在阳坡那边的房上，不在这间正房上。我让他把我的牙收好，弟弟说："拆完房子后牙齿早被推土机压到地下了，怎么还找得到呢？"

**咬人的血麻**

一天，母亲从外面回来就跑到厨房里，用大蒜使劲擦手背，我觉得奇怪就盯着看，她说她的手被血麻咬了，我就记住了有种东西叫血麻，会咬人，得防着点。后来我下地干活，在除冰草时突然觉得手好像被很多蜜蜂同时蜇了，我疼得直叫唤。很快，痛感消失了，开始发痒，那种痒很让人难受，挠哪里都不对，咬在此处，痒在他处，糟心得厉害。我拨开冰草，看见冰草中间立着一棵浑身长满小刺的草，连叶片上都有刺，整棵草看上去像封了一层蜡,雾蒙蒙的,像早上的雾还未散尽的样子。

我回家跟母亲说了这事,母亲说我是被血麻咬了,用大蒜擦一下,过几天就好了,挠也没用。

我这才知道血麻是一种植物,而不是动物,人们说它会咬人是说这植物贼,会藏起来,趁人不注意就咬一口。

上学后,我才知道这玩意儿叫荨麻。

**喜欢吓唬小孩的猫头鹰**

那年秋天,下午放学后,我们五六个同学去杨树林捡叶子做标本。我们想捡到世界上最大的叶子,所以去了林子的深处,结果在一个很浅的洞中见到一只猫头鹰。它就蹲在一块大石头的正中间。

我们被吓坏了,因为它一动不动地盯着我们,感觉只要我们动一下,它就会飞过来啄我们的脑袋。就这样,我们盯着它,它也盯着我们,直到一个小伙伴吓得尿裤子后开始哇哇大哭,我们才一起往树林子外面跑。

我们跑出林子来到山坡上,看见那只猫头鹰又蹲在我们前面的一个土堆上,它睁着两只大眼睛,发出"哼吼、哼吼"的声音,我们这才明白大人们为什么把猫头鹰叫作哼吼。

等我们跑到村口，它又落在了村口的那棵榆树上，我们吓得吱哇乱叫，各自跑回了家。

之后，我很久都没见过那只猫头鹰，也不敢再去杨树林了。

**每晚来撞玻璃窗的念书娃娃**[1]

念书娃娃是一种虫子，它每到夏天和初秋时都会来到人住的地方撞玻璃窗，每晚要撞十几下，把自己撞晕后会就地躺下，第二天早上才清醒，然后就飞走了。

这种甲虫的触角像两本书，触角动弹时就像在翻书，每年暑假结束，是它们开始活动的时候，老人们就会念叨："念书娃娃出来了，娃娃们也该开学了。"

老人们说，念书娃娃是近视眼，书看太多眼睛近视了所以才撞玻璃。它们没日没夜地撞玻璃，过一会儿就听见"砰"的一声。老人们会提醒娃娃们读书时要多注意视力，否则变成念书娃娃那样的近视眼，容易撞在玻璃上。

每次我犯懒不想写作业的时候，爷爷就会说："你

---

[1] 念书娃娃：一种甲虫，学名金龟子，俗名读书郎。

听啊,念书娃娃在吱吱哇哇地念书呢,它们比你勤快。"我仔细一听,确实听到它们从晚饭后就开始念叨,像极了学生在背诵课文。

**伸懒腰的酸梨树**

意爷家麦场的正中间有棵酸梨树,它长得高大周正,所以活了几十年也没被砍掉,意爷肯定是在等它长成一根好檩子。它的果子酸里透着甜。吃第一口,酸得让人直跺脚,浑身哆嗦,从意爷家走到我们家,那种酸味还在嘴里;再吃一口,嗓子眼却突然变甜了,真稀奇。

酸梨树很高,树下地面平坦,所以经常被我们用来拴秋千,没几年,酸梨树靠近地面的枝叶就开始枯黄,继而死掉,钻天的那些枝叶则开始疯长,它这么长是想拒绝人爬上树去。

不仅如此,这棵树的果子也开始结在顶上,下面只长树叶,树叶密密麻麻,人站在树底下根本看不见顶上的果子在哪里。

每次刮风的时候,我想去树底下捡些果子吃,都会失望而归。后来我发现,在秋末的中午,酸梨树自己会掉果子，一次会掉几十个。我这才明白，它中午是在晒太阳，晒舒坦了就伸个懒腰，一不留神就会掉果子下来。

每天中午，我都会在树底下等着。对了，如果在麦草垛里掏个窝，把它的果子放进去，十多天后拿出来会更加好吃。有时候我们掏的窝多了，忘了吃，大人们扯麦柴的时候发现那些果子，就会数落我们一顿，他们说这样容易招虫子。

**爱吃馍馍的狙狸猫**

狙狸猫，别名花鼠子、五道眉花鼠、金花鼠、花鼠，长得特别卡通，像是人画出来的。它的尾巴会朝后弯曲成一个"0"的样子。每天它都会蹲在树上，用两只前爪抱着馒头大吃。

晚饭时间，我们在炕桌上刚放了几个馒头，出去端个菜的工夫馒头就不见了，大家都说自己没吃，最后看见狙狸猫正坐在树上吃馒头呢。还有几个胆子大的狙狸猫，在我们吃饭时也敢到人眼皮子底下来拿馒头，它们速度很快，一爪子就能抓一个馒头，几秒钟就上了树，真是没办法。

**捉迷藏的山莓**

山莓树长在山坡、山谷、荒地上，它的藤蔓要么挂在埂子上，要么就顺着水渠长。苏庄的山莓树很少，每年山莓成熟的季节，我们都会专门去寻。山莓树的脾气大得很，头一年被摘了果子，第二年绝对不会再结果，再活一年，然后就会干枯死掉。

所以谁在田间地头看见了一挂山莓，就会用草遮住它，等它熟了，再偷偷喊几个好友一起去吃，山莓刚被摘下来几分钟就蔫坏了。

苏庄每年能吃到山莓的人也就二十多个，能一起吃山莓等同于有了过命的交情。每年到了山莓成熟的季节，如果想吃山莓就得去找。山莓总躲着人，它总是出现在不经意的地方。有一年我在一个埂子上溜达，看见什么就大声喊出来——山丹丹花、龙葵、刺蓟、喇叭花、虎尾草、牛筋草、田螺花、蒺藜、地肤草、萑草、狗牙根草、马唐草，到了坡中间，突然看见有三棵山莓垂坠着，我大喊："哎，这不是山莓吗？原来藏在这里啊。"

**扰觉的啄木鸟**

苏庄人爱睡午觉,这一点很多动物都知道,但有三只啄木鸟偏偏要跟人对着干,它们任早上在柳树上窝着不动弹,一直睡到中午才起来干活。

到了中午,它们会飞到最高的那棵椿树上,开始啄树,声音越来越大。太阳越热,村庄越静,它们就越兴奋,有时候会传出"砰砰砰"的声音。

有人念叨:"这几只坏鸟每天都啄那么多下,怎么头不晕呢。晕了掉下来,也能让人安静安静。"

后来我们发现这三个家伙都住在一棵槐树上,它们那个洞可深了,但它们的窝很低,实在不把人当回事,也不怕人。

爷爷说:"最老的那只啄木鸟在这里已经生活十多年了,都成了老鸟,别说哪棵树生什么病了,估计连每个人生了什么病它都知道。"

**独居的五趾跳鼠**

五趾跳鼠,前脚有五趾,后脚只有三趾,基本能直立行走，是跳鼠科中体型最大的一种。头圆，眼和耳很大，背部是灰色的，腹部是纯白色的，长得很可爱。它的后腿特别长，脚底下有硬垫，适合在沙地上跳跃，爱独自活动。

一次，我们在月下赶路，看见前面有一只跳鼠也在赶路，我们走了好几里，它也走了好几里，比我们的腿脚还有耐力。我忍不住好奇，它赶这么远的路是去什么地方呢？原来跳鼠的房子很多，冬眠在一处，平时生活在另一处，一般都是在草坡上沙化比较严重的地方。这像极了现在独居的年轻人，白天不出来，晚上出来夜跑，在不同的地方都有房产。

**有脾气的烟囱**

为了避免雨水落进去把烟囱堵住，苏庄人都会用一窝麻堵着烟囱口，出烟通畅，雨却进不来。但每年有段时间风向会很乱，今天刮东南风，明天刮西北风，烟囱烦了，憋着烟不往外吐，都从灶膛里跑出来，呛得人满院子跑，这时候就要去厨房的顶上"说烟囱"。人们要拿掉堵在烟囱口处的那团麻，朝里面说点好听的话：烟囱啊烟囱，一年四季辛苦你了。希望今年五谷丰登，还要四季平安啊。千万不能骂烟囱，烟囱听了骂人的话就更不听话了。喊上一阵，再把麻堵上，过一阵子烟就会笃笃地直上云霄。

**哄人的麦子**

有一年下了好几场雨，把苏庄的麦子给催熟了，才几天没看麦子，麦子就自己生生地黄了、熟了。人们趁着地湿把镰刀磨得明晃晃地发亮，天一见晴，就急匆匆下了地，蹲下来就割麦子，每家每户都割了四五把后，才发现麦子又从地那头开始返青了。人们只好放下镰刀，站在地里瞧，越瞧越青，便收起镰刀回了家。第二天，太阳比前一天的更大，麦子全部又绿了。

又等了十多天，麦子才正儿八经地正式黄了。

**被迫搬家的燕子**

这只燕子第一次来我们家房檐下是在一个春雨天，我在窗边看见了它。那晚它在我家房檐下的一个小洞里坐了一夜，爷爷也看到了，他说："这燕子要在咱们家安家了，千万别撵它，它们可好了！"

那时我还很小，不知道燕子好在哪里，也不敢问。

燕子每天都会衔泥巴垒它的窝。中间有段时间天气干燥，半个月没下雨，窝的建造进度就慢了下来，后来雨水多起来，它的窝就建得很快。

第二年，已经有四只燕子住在里面了，我们每天都能看见八条黑色的尾翅。

后来，距燕子窝约两米的地方住进来一窝蜜蜂，它们建了一个只有拳头那么大的蜂窝，后来有蜜蜂去燕子窝里叨扰。再过不久，我们就看见燕子的泥窝摔在了房檐的水泥板上，那几只燕子在屋顶上逗留了几日，就消失不见了。

**耽搁湾**

耽搁湾是一个地名，说的一条弯弯扭扭的路，它在苏庄东边的一座山的背面。它看上去是一条很短的路，走起来却很长，尤其是在太阳落山后，因为光线的原因，明明看见有个人在路上走着，过十多分钟再看，路上的那个人还在原地一动不动，好像一直停在那里。再盯着手表看，时间在走，人却总好像没动，所以这条路就被叫作耽搁湾。一旦要走这条路，就得打好提前量，不然时间总是不宽裕。

**会变戏法的窑**

二伯家有三眼窑，至今我都觉得那里面有很多个没被我们发现的区域，还有许多处没被我们开拓过的神秘地点。

小时候，我们会用好吃的贿赂三哥（他是二伯的儿子，在我们这一辈里排行老三），想让他带我们进窑里探险。

第一眼窑是个套窑，从正面进去，里面的墙上还凿了很多小洞，用来放各种东西，里间有一张炕，看得出之前住过人。

第二眼窑里有个地窖，地窖里挖了台阶，从台阶下去后别有洞天，洞里连着洞。十多年后，在这眼窑洞上面开了一眼水窖的人家始终没搞明白为什么水窖一直会漏水。

第三眼窑很低，要趴着才能进去，进去后会发现里面很大，是个地窝子，还有灶台。

一开始，某天我们其中一个人在第三眼窑里乱抠，抠松了土，接着抠出了一个小洞，洞里有些破烂的瓷碗。之后，第一眼窑里塌出来一个安在墙壁上的井辘轳，辘轳底下没有井。

爷爷说，二伯家院子的历史可久远了，那三眼窑还是在不同年代里建的呢。

后来，那三眼窑被封了，渐渐地就被人忘却了。

**会报仇的火燕**

春天铺满大地的时候，火燕就会出现了。

我们可以掏燕子的泥窝，可以捣喜鹊高耸入云的柴窝，还能把手伸进麻雀在房檐下的洞里，却从来没有一个孩子敢把手和木棍伸进火燕的洞里。

火燕始终那么张狂，抖着一身烈火一样的羽毛。在苏庄，它是集体会有灾难的象征。

但火燕衔泥成窝意味着幸福，于是苏庄的男孩子们憋不住了，想看看它的窝里是什么样子。他们搬来梯子，看到雏燕后才会心满意足地撤掉梯子，这样一来，哪怕不幸降临也是降临在自己头上，不会连累他人，想到这一点,他们才会有这种勇敢之举。

对苏庄的男孩子而言,捣毁喜鹊的窝是对自己攀爬技能的认证,每个男孩子长大之前都会捣毁一个喜鹊窝,这似乎是成长的仪式。

麻雀是遭男孩子祸害最严重的鸟类。小时候,我们在地上撒一把谷子,再用木棒把一个大筛子顶在上面,把粗麻绳拴在木棒上,然后走几十米远,趴着,一天就能抓几十只麻雀。但玩两天就被爸妈偷偷放走了,老人家说不能"害命"。

火燕常住在墙里,大人说它不会住在和木头有关的树上和屋檐下,因为它会让那里"着火"。谁抓了它,谁家的草垛就要着火,于是我们总盼着在城里的堂哥回来,因为他家没草垛。他回来后我们都满心算计,想让他去抓火燕。可是每年堂哥都是在冬天回来的,那个季节没有火燕,于是苏庄没有一个孩子抓到过火燕。

**树王**

苏庄能长到入云的树是椿树,但它不会是树王,一般四五十年就自己老死了。它死的时候很安静,人都不会察觉。直到春天不再抽叶，人们才知道它死了。

我最喜欢槐树和榆树，它们长不大，只能长到我站在下面就能够着吃它们的花和叶子的高度，后来我才知道其实是长辈故意不让它们长高的，为了让小孩子有得吃。

每个村都有树王，有树王是一件很值得骄傲的事。而每个人心里都有自己的树王。

树王要粗、大，要奇特，要有故事，里面要住着蛇、青蛙、蜈蚣、粗虫。当年，苏庄的树王是一棵柳树，它被雷劈开了，里面的年轮加上劈开的痕迹成了一个"丰"字。

**神奇的羊粪**

我出生前后的几年里，我们那里的羊似乎得了什么病，所以我们镇是禁止养羊的。

到了我四岁的时候，和我同龄的孩子都没有见过羊。那一天，我们十一个人结伴，打算从苏庄出发，走到镇上一个离我们最远的名叫磨石峡的村子去。

出发的时候，第十一个孩子哭着怎么都不去，最后他回家睡觉了，我们剩余的十个人出发了。那一晚，苏庄少了十个孩子的鼾声。

第二天，我们看到马路上有一小颗一小颗类似电视剧中的"仙丹"的东西。我们都是第一次见到这东西，迟疑着继续走。第二次发现时，我们开始顾虑，如果再往前走，前面可能就没有这种东西了，便开始一路走一路捡，每个人的裤兜里都装得满满的。到达磨石峡后，我们第一次看见了羊，也第一次看见了石头山。

晚饭前，我们都赶回了苏庄。

我把自己捡到的东西给爷爷看，爷爷笑着说："这是羊粪呀。"然后我们十个人站到韭菜园子里集体向外翻裤兜，羊粪稀里哗啦地掉在地上。

小十年没有羊的苏庄，这次竟有了羊粪。

**荆棘果**

荆棘树浑身带刺，遍布在苏庄四周的高山上，荆棘果有红的和黄的。

据说，外村的女子想嫁进苏庄的一个重要原因是怀孕期间可以吃荆棘果解馋。

荆棘果林中最神秘的是在几十年前看林人就不住了的房子，那所房子显得可怖又招摇。我们从没见过那个看林人，只是听说他晚上会在长达千米的林子中来回走动，白天就回到村里睡觉。

我们也曾在晚上去荆棘果林找过看林人，一直没有找到。后来听说，要偷砍荆棘树，看林人才会来。我们就拿着斧子去砍树，但还是没看到看林人。又听说本村的孩子偷砍树看林人不会管，他防的是外村人。

直到现在，我都相信这人是存在的。

**地道**

苏庄的地道就在河湾中，应该是爷爷那辈人把它掩藏起来的，直到我们这辈人放牛、挖坑、烧土豆时才给挖开了。

这件事情就成了我们村学校公开的秘密，我们每天都会在学校里讨论，所有的男孩集资买汽油和棉花，要制作火把。

那是一个周六，苜蓿地里刚发芽，我们假借去挖野菜才第一次进了地道。

地道的美远远超过了河湾，里面简直就是一个城堡。这个地道大约能容纳一百来个人，这个判断来自我们的

"老大"，他是从地道中的瓷碗和卧室的数量上判断的。

后来老大说，谁敢从地道里往外拿东西，他就灭了谁，大概是怕被苏庄的大人发现我们重新开启了这个地道吧。

每次河湾被雨水灌满后，我们再去找地道的入口都异常艰难，因为河湾的整个地势都会发生变化，神奇的是地道却从来没被灌过水。

一直到我上初中的时候，我们进入了地道最深的地方，这才看到了里面的牲口圈，里面还有牲口打滚磨墙留下的那种熟悉的包浆。

似乎是约定俗成，苏庄的孩子只要上了高中就不会再去再探索那个地道了，他们永远都会留下一点秘密给下一波小孩。

**死物坑**

苏庄的死物坑在被苜蓿地环绕的一个大坑中，大坑中还有个小坑。

据说，村里的一个聋子坚持每天去挖坑，挖了好多年就挖出了那个小坑。聋子去世后，村里的人用它来丢弃死了的家畜，幸运的是，这个坑四周的苜蓿花能很好地过滤掉腥臭。

在我的印象中,死物坑里的白骨已经有很多了。每次去苜蓿地,我都站在坑的上方看得出神,爷爷发现了我的这个爱好。一次,我看完了坑里的东西,回头时看到爷爷正狠狠地盯着我呢。

每次死物坑快满的时候,只要一个冬天,坑就又会空半截。

**针线笸篮**

针线笸篮是老奶奶才配得上的工具,小媳妇、小女子不敢摆开这样的架势,只能拿块布把自己的针线、顶针包起来。手艺高超的奶奶们才有资格把剪刀、针线、布条、顶针等一应俱全地放在针线笸篮中,并会将它放在屋子中最显眼的位置。

苏庄的男人们看不上自己女人的针线活时,就拿着需要缝制的东西来央求奶奶辈的人,这时奶奶们就会说:"拿我的针线笸篮来。"

孩子的沙包、端午的荷包最初都来自苏庄奶奶们的针线笸篮。

**木匠体系**

苏庄是个木匠村,木匠是苏庄最盛行的职业。苏庄的人盖房子、装修,都是你帮我、我帮你,不用请外人。几十年下来,这里有了最老的第一代木匠,也有了最小的新一代木匠,仔细聊起来,苏庄除了寻常的辈分脉络,还有一个很大的木匠辈分体系。

这个体系有自己的内部称呼,是小号、排位之类的东西,所以有时候我们也搞不明白,这会儿谁还是谁的爷爷呢,过一会儿谁又成了谁的弟弟。

**过路的蛇**

一场大雨后,白蛇出现在旺旺家的门口。第二年,打了好多年光棍的旺旺找到了愿意嫁他的女人,人们都说那是白娘子来送喜了。雨停后白蛇自己走掉了,走的方向是东边。

菜蛇第一次出现是在玉米地里,它粗如一条牛腿,绊倒了一个小姑娘。苏庄懂蛇的人赶到的时候,围观的人已经很多了,菜蛇的颜色实在好看,小姑娘被蛇缠住了,动弹不得。在所有人都束手无策的时候，菜蛇却慢慢松开了小姑娘，它朝一个很大的南瓜爬了过去。

麻蛇出现在村口的路上，它带着几条小蛇，这种蛇几年才来一次苏庄。爷爷说，它们好像约定好了似的，子子孙孙只要有时间都会来苏庄来视察一次。爷爷还说，不能伤了它们，它们只是路过。

**调戏人的涝坝**

雨后不久，村口那座浅浅的涝坝就涨满了水。这座涝坝是为了避免村子下方的路被雨水冲垮而挖的，这涝坝就是个露天的大蓄水池。

村庄每天会醒过来两次。一次是早晨，是被鸡叫醒的；还有一次是中午，没人叫，人们会一个个地自然醒过来。那天中午我没有午睡，走在烈日下的村子里，我感觉心旷神怡。中午的村子才是最安静的，比夜晚还安静，所有庄稼都在打盹，牲口们都在闭目养神，人们鼾声四起，一切都在等太阳再斜下去一点。

我转了一会儿，实在无事可做，便计划在涝坝中挑够给牛喝的水，这样晚上就不用单独牵着牛去喝水了，也能避免被那一窝横在路上的马蜂蜇咬。

走到村口,我见涝坝已经被人取过了水,目测只剩下四桶水的量了,两趟就能把涝坝里的水取干。

我兴致勃勃,在第二趟用瓢把涝坝里的水刮干后,两只桶都还没有装满。我刚要起身挑桶离开,却见刚露了底的涝坝里又有水冒出来。我便继续刮了几瓢,把桶装满挑了一趟;再回来的时候,见那水又冒出来一瓢,我就这样连续挑了三趟水,每次水刚见底就又冒了出来,让我气恼无比。

那天中午,我和一座涝坝进行了一场莫名其妙的对抗,最终我惨败而归。

**长腿的麻绳子**

一生中,我们时常会做盘点,或是回望,某些事情便会在这种不经意的时刻出现,尤其是物。物把人和人、人和时间串联得严丝合缝,物缘妙不可言。

在讲这条长腿的麻绳子之前,我先讲几个和物相关的小故事。

# 书

北漂后,有一年我是凌晨三点回到老家的。当时,老家刚发生了地震,我的卧室兼书房是上锁的,如果我不回去,这间房子即便着火或者被洪水淹没了,也没人进得去。

由于地震,书房的墙和屋顶之间裂开一个大口子,在凌晨三点时抬头往上看,就像看到一条清澈见底的小溪,顺着墙一直往上堆放的几百本书全部被雨打湿,被土弄脏了。

我没有睡意,就一本一本地擦书,那是我第一次那么大规模地检阅自己读过的书。好书很少,烂书很多。有些书读的是潮流,有些书读的是心境,有些书读的是名气,有些书读的是私好,有些书读的是欲望,有些书读的是名利。

第一次见到我这些书的外人一共有两个,一个是一名移动公司的工作人员,另一个是一名刚到县政府参加工作的小年轻。

那年,我们镇上要建信号塔,县政府和移动公司派了人来选址,选好址却联系不到那块地的户主,挨家去问,问到我家了，我说奶奶可能知道。

奶奶那年八十岁，谁家地里长什么草她都知道。奶奶当时去园子里割菜了，我便把他们喊进我屋里等奶奶。看到那么多书，他们惊叹，在这深山野村，居然还有一位藏书爱好者。他们看到感兴趣的书就翻出来聊上几句，不知不觉就到了饭点，我好客，便留他们吃午饭。我做了浆水面，他们吃得很香，吃完我们喝着茶继续聊书。

地震后的某年春节，我们村的一个小伙子要娶媳妇，他在县政府工作，他父亲一生好客，朋友遍天下，那天大车小车从小伙子家门口一直排到了村口还没个完，有些车直接在镇公路边停下了。这场喜事声势浩大，蔚为壮观，我负责跑腿儿，迎客送客，兜里揣着几十个炮仗，跑前跑后地放。

我沉迷在放炮仗的欢乐里，没有留意周围。突然身后过来一个人，他握住我的手喊："小苏，你这放炮仗的手艺很不错呐。"我抬起头，看这人白白净净，一副干部模样，有些面熟。我想了想还是没记起来，他接着说："我在你家吃过浆水面啊。"

我说："哎呀，想起来了，装信号塔那回。"

闲聊几句，他问我："现在在哪里，干什么？"我说：

"在北京漂着呢。"

他们上车走后,新郎官过来问我咋还认识他的领导,我说:"那年他来咱们村选信号塔的位置时认识的。"小伙子补充了一句:"难怪他经常提起咱们村呢。"

## 照片

春节期间,某天半夜我和父母聊天,聊着聊着父亲提到了一件事,说当时的照片在那个超大的相框里装着,我说要去拿过来看看。父亲说:"房子翻修后都不挂相框了,那些相框都摞起来压在那边的工具房里了。"我说:"没事,反正还不想睡,我去拿。"

我拿着手电,进了工具房,从几十袋麦子后面的缝隙里搬出了十多个相框,上面满是灰尘。相框里的照片从黑白的到彩色的,照片里的父亲从少年到中年。他中年之后的照片就很少了。贴有彩色照片的那些相框里出现了母亲,还有我和弟弟,我们再长大一些后,相框里只剩下父母的旅游照,他们的合影也少了。

我把相框搬到院子里,扫了扫上面的灰,抱了好几趟才抱回屋子里,又用湿布好好擦了擦。父母拿着相框,看一张说一张，我就一边擦一边听，过去的时光就像钢琴曲那样流淌出来。我说："干脆这样，把照片从相框里拿下来，一张一张看，看个清楚。"父亲说："别拿了，装上去太费劲了，有几百张呢。"我说："明天我去买几个相册装起来，这样你们就可以随时翻着看了，比放在相框里忘了好。"

现在，每年回家没什么事干时，大家就翻出相册来，一起回味过去的日子。

我时常看见母亲会在休息时翻看这些相册，偶尔扑哧一笑，偶尔蹙眉凝神。

**家谱**

我们家的家谱放在一个形似房子的盒子里，盒子雕刻得很精致，把前面的门打开，家谱就立在里面，这个东西被称为"柱"。字简单，意思也明了。

每年，家族中谁家要是做红白事，或者有其他需要祖宗参与的事，都会把"柱"请到自己家里去供奉几天，然后"柱"就留在这一家，等下一家需要时再请走，没人请了，就继续留着。

春节时，老苏家的人就会去"柱"所在的人家上香。

所以每年到了大年三十那天，总会有人出来问："'柱'今年在谁家啊？"我们这些常年在外面的小辈都不知道，便你问我我问你的，直到问清楚了才肯作罢。家里那些被问到的老人就会眉头紧锁、眼睛上扬，凝神思考这一年老苏家发生的事：二月里吉爷家嫁姑娘，是在你吉爷家；三月里开了庙会，是在你意爷家；五月里小童结婚，是在小童家吧。哎，不对，不对，腊月里你英奶奶请过去给小孙子订婚了，是在英奶奶家。

每年的这个时候，我们都要快速梳理一番老苏家今年发生的大事，我每次都很享受这个过程，这也是我每年春节回家感知岁月流逝、人丁更迭的一个亘古不变的仪式。

仪式就是有这样的意义。

**麻绳**

现在来说这根神奇的麻绳。

平时麻绳挂在牛圈外面的墙上，因为使用环境的复杂和特殊，麻绳呈现出铁色，还有了光泽。我不知道它为什么成了那个颜色,也无从考究。

父亲出门打工后,有一年回老家,因为车况不好,到家已经是月光如洗的半夜了,他在从县城往镇里走的路上捡了这根麻绳。每次说起这件事的时候,父亲总要打一个通俗易懂的比方,他说他本来以为这是一条在路上休息的蛇,走近看才发现是一根粗麻绳,粗得像一条大胳膊。

那根麻绳刚到家里时根本没什么用,太粗了,没法用在任何农业生产的环节,基本上是个废品。家里人很多次打算把它当柴火烧了,但它挂在房檐下,让人总也想不起来。

麻绳第一次派上用场是在初夏,它被大哥拿出去做了秋千。大哥把它的两头分别拴在两棵杏树上,因为足够粗,连坐板都不用装,直接坐在绳子上就可以荡秋千了。

后来我堂叔看见了,便拿去在盖新房装檩子[1]的时候用了。那时候家里条件都好点了,人们盖房子都舍得花大钱,得用三根一人粗的檩子。檩子是牌面,也最贵,不能有闪失,所以这绳子可靠着呢。

---

1 檩子:中国传统建筑中架在屋架或山墙上用以支承椽子或屋面板的横木,比房梁稍细。

麻绳被这么一用，全村人都知道了，谁家盖房子它都会到场。后来跑长途车的人也来借，冬天车陷进雪地里了，煤车陷进水渠了，麻绳也免不了要上场，大事小事它都在。后来这麻绳在我家里待得越来越少了，有人来借它时，它经常不在。

偶尔我也能看见它被挂在牛圈外面的墙上，有人来借时，我说我去给你拿，当我去拿时，它又不在了，经常搞得我很恍惚。直到一个下雨天，我在窗户里看见有人披着雨衣把它挂在牛圈外面，喊了一句："麻绳挂好了啊。"我这才明白，有人用完后就把它挂在那里了，谁要用就又把它拿走了。

有时候有些人有急用，便挨家挨户地问："麻绳在谁家呢，晓得不？"有人说上次小童家用来压麦垛了，去小童家问；小童家说被小仓家拿走了；去小仓家追，小仓家说被堆堆拿去挂大车了；又去堆堆家寻……

有一天我爷爷要用麻绳，他在牛圈外面看了看，说："这麻绳是野的，长了腿，到处跑，现在都不知道跑到谁家里去了。"

我看了看空空的墙面，心想，这麻绳要是有记性，肯定记住了很多大事、要紧事。

## 清庄

苏庄每隔几年就会清理一次村子。

清庄活动是从地理位置最低的地方开始。几十号人，举着火把，拿着各种灯具，手里敲敲打打的家伙什儿很多，制造出各种声音。从晚上开始，一直到清晨才结束，要把村子都走上一遍。

这些人每到一户人家，只有其中一人负责进院子，其他人会去平时很少有人去的角落里敲敲打打，用灯照一照、用杆子敲一敲、用消毒水喷一喷，目的是看看那些死角有没有未知的生命，是不是藏匿着逃犯。

这些年里，人们清庄时找到过很多小动物，也找出过几名乞丐、疯子、傻子。清庄那一晚人们都不睡觉，专门干这件事。

清庄的时候，很多家养的、常见的小动物都能平安无事，但那些陌生的、躲起来过日子的动物多数都会逃到田地里去，之后便很少回来了。它们知道被人发现了就活不下去，便去寻新家了。

苏庄的牲口和动物喝同一眼水，啃同一座山的草，耕同一座山的地。它们相互都认识，有些见了会打个招呼,有些彼此看不顺眼便互不搭理,有些性格古怪,有些随和热情。它们和苏庄的人共同经营着苏庄。还有些在田间生活的动物,它们有的是从苏庄里"搬"出去的,有的和苏庄里的动物是朋友。各自守着各自的地盘,记录着一年四季,盘算着节气,计划着生活。

第六辑

他乡

# 北京救猫记

在救猫的前一晚我就听见了不同寻常的猫叫声。

我一直以为又是我的那个"忘年交"——一只大肥猫,是它在窗外的宣传栏顶上召唤暧昧对象呢,便拉上被子睡了。半夜起来方便,听到猫叫声微弱了一些,我琢磨它一定是失落或是叫累了,就回家休息了。

三年前这只大肥猫就开始在这里叫了,我没赶过它。它两眼有神,特别蛮横,看上去年纪不小了,但是呆呆的。我估摸着它也是看我好欺负,就经常来这里。一年四季我总能看到它在这里摆姿势、凹造型,春天赏花,夏季观绿,秋天听风,冬天看雪,四季的风景它都能悉数看一遍,我煞是羡慕。一天,听社区的一位大爷说,这只肥猫在这里十多年了，比有些老人在这里的时间还久呢，它的主人是个老太太，现在瘫痪在床，儿子、女儿已经移民了，请保姆伺候着呢。

第二天我早早去上班，忘记了昨晚猫叫的事情，妻子在QQ上跟我说，昨晚根本不是大肥猫在叫，而是楼上或者楼下的猫，估计是新来的。我中午回家吃饭，妻子已经去上班了。我去厕所，又听见猫叫。这回我听得很仔细，不是大肥猫的声音，而是小猫的小奶音。

我也学它叫了几声："喵喵。"

它回应着："喵喵喵喵喵"。

我当时心里一惊，心想，这猫不会是被人丢进了下水道里吧，想到这里我便心跳加速，焦躁了起来。

我把耳朵贴到水管上，用手指敲打那根最粗壮的水管。几经折腾，猫没有再发出声音，水流的声音倒是哗哗的，我暗骂自己脑子长包，猫要是在管道里，早就被水冲走了。

我刚坐下来喝茶，又听见了猫叫声。

我站起身来，朝着天花板"喵喵"，朝着东墙"喵喵"，向着西墙"喵喵"，在客厅，在厨房，在卧室，不停地"喵喵"，寻来寻去，最终，我觉得猫还是在卫生间那里。起初我判断猫应该在卫生间门的顶部,但那是水泥顶,我敲了敲发现是实心的,没有暗格和夹层,它不可能在那里。

后来我沿着卫生间门外的墙面四周挨个敲。这房子是三十年前的建筑,结构比较复杂,不像现在的楼,平齐简单。敲到了左边凸起的四方柱子时,猫叫了一声,我喜出望外,接着又紧张了起来。

我说:"猫猫,你在这里吗?"

猫好像听见了,听懂了我在喊它,便开始大声叫:"喵喵喵,喵喵喵喵。"

我开始计算时间。如果它是昨天傍晚出现在里面的,那到现在已经有十多个小时了。如果它是更早的时候掉进去的,一直等到身体虚弱时才呼救,那它还能活多久呢?

不能想那么多了,得尽快找到猫,想到这里我决定砸墙救猫。

这房子是我租的,我打电话联系中介,中介起初很不屑,以为我在开玩笑,说我纯属无理取闹,是在发神经。我说:"你们来看看就会明白了。"

等了一个小时,中介才来,是两个刚毕业的大学生。我好说歹说,他们还是觉得我是小题大做,没有必要。而且砸墙需要联系房东。作为中介,给房东添这个麻烦更是没必要。

我说:"这也是一条命,你们也听见了,它在里面,是不是听得真真切切的?"他们说:"猫确实在里面,这确实是猫的叫声。"

我说:"你们现在不救,它死在里面,我们算是害死了一条命。你们年纪还小,以后想起这件事得多难过啊!"

毕竟是刚毕业的学生,社会经验不足,他们不再有厌烦的情绪,但也不知道如何是好。我让他们打电话给主管,对主管说清楚了具体情况,幸运的是主管就是当初租房时和我签约的那位中介,我听出了他的声音,说了几句恭维的话,又套了套近乎,主管这才说他可以联系一下房东,问问意见立马就回我。

五分钟后,主管给那两个中介打了电话,说房东现在在外地出差,来不了,砸墙可以,但要由我来承担修复的费用,大概一千五百块钱。我说,没问题,可以的。

我们打算自己砸墙,但中介这时候提出了异议,说得先去请物业的人来看看,弄清楚这是堵什么墙,里面有没有重要的管道或其他东西,能不能砸。如果出了问题,麻烦就大了。于是我们去找物业,先去了社区办公室,值班的人让我们去维修部,维修部的人说这种事情外包给了管道修理公司,他们在另一个地方办公。我们又去了那里,那是一间小屋子,里面躺着一位光头大爷,大爷听完我们的说明后翻身坐了起来,说他刚喝完酒,还不清醒呢,没空搭理我们这些事。

两个中介看这事也推进不下去了,并且已经到了晚饭时间,便骑车回公司吃饭了。我自己灰溜溜地回到家里,听见猫时不时地叫上几声,心急如焚,在屋子里来回踱步,左思右想。想来想去还是觉得不能自己砸墙,万一弄巧成拙了也不好。

我的心中满是郁闷,这种感觉在高中二年级时我也曾有过。

当时,文理科分班后,我被分在了十二班,但当我去报到时,那个班主任说有个和我同名同姓的人已经报到过了,他让我去政教处确认一下我被分在哪个班。我说我看了公示的榜单,原先在十一班的我现在被划到了十二班。他让我再去落实一下,说这些话的时候他都没抬头看我一眼。

我刚走出楼道,那个和我同名同姓的同学就叫住了我,对我说这个班的班主任是他舅舅,副校长是他姨夫,政教主任是他堂哥,他都说好了,他要去十二班,让我去十一班。他还说十二班都是当官人家的孩子，我被分到十二班肯定是搞错了。

我想了想，觉得他说得不无道理，让我去十一班那就去吧，但我得先去政教主任那里查一下，搞明白是怎么回事。

到了政教主任那里，他翻记录时，我心想，这是他堂弟的事情，他肯定早就知道了这件事，现在还假意查找一番，装模作样的。不多时，政教主任翻出名单来，他查完了说，你是在十二班，没错。

我随后走进教学楼，站在楼道里抬头看天上的白云，不知如何是好。那个和我同名同姓的人在楼道里和几个女孩子嬉戏打闹，惹得几个女孩子吱哇乱叫。

我看了一会儿白云，去十一班报道，十一班的班主任是我原来的班主任，他说："你不在这个班，你被分到了十二班，去那边吧。"我向他复述了一番方才发生的事，他说："你去跟十二班的班主任再说一遍。"

我又去找十二班的班主任说了事情经过，他说他早知道分到他班上的人是我，只是想和我开个玩笑，看我怎么办。然后他收下了报名费，哈哈大笑，我心里郁闷极了。

事到如今，我还是没想明白，这件事真的只是他们开的玩笑吗？如果我不去政教处查的话，会不会就和那个跟我同名同姓的人调换了这一段人生？

当时的那种郁闷和我现在的心情别无二致。

正当我坐立不安时，脑子里突然冒出了报警这个想法，我决定打119。我见过119帮忙捅马蜂窝，我想这件事他们可能也会管的。

拨通119后，我说我要救猫。接线员问我猫在哪里？我说猫掉在墙里了。119并无置疑，直接说立刻出警，我当时激动得眼泪都下来了，觉得这下猫有活路了。

接线员还说现在是晚高峰，他们会派出一辆消防车，让我去小区门口迎一下，方便消防员找到地方。

我刚穿好外出的鞋，就接到了一个电话，是消防队长，他让我五分钟后在小区门口接他们。

见到他们时我激动了一下。之前见过不少在马路上疾驰而过的消防车，但这辆是自己报警喊来的，还是有点不一样的。那辆大型消防车很威风，在小区门口停下后，消防队长下来问是不是我报的警，我说是，他说他们出车都是六个人一组，车就不进小区了，这小区车道太窄，下班高峰期会造成拥堵，只能停在外面的停车场，这样不会打扰其他人,他们带上工具步行进去就行。

六个消防员跟我到了家里,他们分别贴在墙上听了听,做出的判断和我一样,猫在墙里,施救也只能砸墙。

按照流程,火警救援必须先有民警在现场。消防队长给社区所在的派出所打电话后,我们就在楼道里等,几个消防员拿下头盔靠墙站着,当时夕阳还有余晖,我看他们都是二十刚出头的年轻人,特别精神,活力充沛,眼睛炯炯有神。他们话不多,都安静地等着。

中途,消防队长接到一个民警打来的电话,说路上有交通意外,这会儿堵住了,最多再等十多分钟应该能到。

民警到了之后查验了我的身份证和租房合同,便去居委会核实情况。半个小时后,那个喝多了的大爷也来了。他进来看了看,说这墙可以砸,但需要房东签字。

我说房子是租的,民警说那就得把中介公司喊来。我便又打电话联系了中介,中介来了后对民警说房东不在北京,但房东已经同意砸墙了。民警拿出一张纸,写了一个保证书,我和中介都在上面签了字,还留下了身份证号,然后他们就先走了,火警开始施救。

我住在二楼,看见窗户外面当时已经围满了人。

两名消防员开始砸墙,他们在靠近地板的位置砸了两锤就砸出个洞,里面是空的。他们用探头伸进去看了一下,对外面喊:"里面确实有一只猫!"

消防员说只靠胳膊是够不到猫的,得用夹子才能夹出来。我问是大猫小猫,他说是一只很小的猫,估计都饿了好久了,看上去很虚弱。

消防员把夹子伸进去后,只听见哐当一声,是有东西掉到铁皮上的那种声音。消防员说:"糟了,猫跑了,没夹住,给吓着了。"

消防员用探头继续探下去,说:"看里面的结构,猫现在就在楼下那户人家的天花板夹层里,现在要把猫捉出来得去楼下那户,但是我们得经过人家同意才行。"

听到这里,本来充满希望的我有些失落,不过我斗志不减,想着一定要把小猫救出来,不然今晚我都睡不着。

我说:"那我先去交涉。"

太阳已经落山,黄昏之中,余下的天光被远处楼宇上的玻璃反射成一片片花瓣,我跑下楼的时候朝远处看了一眼,心想,我就不信这么多人救不出一只猫来!

敲门后,出来一位五十多岁的阿姨,她说话带着南方口音,我听不太懂。我说:"有只猫现在在您家的天花板上,不救出来就饿死在里面了。"她不信,以为我是骗子或者小偷,她说:"猫怎么去了天花板上?"随后重重地关上了门。

我再次敲开门,让她跟我出来看一下,外面有很多人在等着。她跟我走到楼外,抬头看到站在楼道中的消防员,还有围着的一大群人,才信了我说的话。

但她说了,这房子也是她租的,拆天花板的事她不能定。她带着老伴来北京治病,一治就是大半年,病还是不见好,老伴现在在里屋躺着呢,连床都不能下了。

这可如何是好?

我请她把她房屋中介的电话给我,我打电话过去,说明了情况,并请他们立刻过来一趟。

在电话中那个中介听上去挺兴奋的,因为确实有猫,还有消防员在,他们很好奇。这次的沟通省力得多。

那几个中介过来之后先是在房间里看了一圈,便开始催阿姨交房租,说她已经晚了一周,问她还要不要继续住。阿姨说她这几天就要交了。其中一个胖胖的中介给他们的主管打电话,说了情况,问能不能拆天花板。主管说要打电话问一下房东,但房东在国外,不知道现在能不能联系得上。他让我们先回去等着。

我回到家给几位消防员倒了水,但他们都没喝,也不坐，依旧站在楼道里。其中一个年纪最小的消防员问我："哥，现在猫不在你家了，也不是你的猫，不救也可以。"我说："不救出来，我怕我下半辈子会一直梦到它。"他说："对，哥，你说的这个我特别懂，我们曾经有一次……"

他刚要说下去，年长的消防队长从门外进来叫他，让他别该说的说，不该说的也说。他便噘着嘴走了出去，像弟弟对着哥哥赌气一样。

没几分钟，楼下的中介在下面喊了一声："二楼的，下来吧！"

我们下到一楼。那个中介说他联系上房东了，正好房东明年要装修，他怕猫死在里面晦气，所以同意拆天花板。

我高兴极了。太好了，这猫的命真好。

楼下这户是个一居室，卫生间的天花板很小，很容易掀开，消防员很轻松地卸下了天花板，看见猫吓得蹲在角落里，便伸手把它抓了出来。我跟在消防员的身后，长舒了一口气。

这时天色已黑，一个中介打开手机的手电筒照着那只猫，另一个中介从消防员手中接过猫后，揪着它的后颈把它拎到空中。我看见它只有巴掌那么大,背部的毛是橘色的,色泽鲜艳,肚皮上的白毛在灯下如雪般晶莹,身上很干净,眼睛定定的,看来吓坏了,是一只很招人爱的家养猫。

打着手电筒照明的中介对拎着猫咪的中介说:"你拿着它,我找个砖头把它砸死,妈的,为了它,耽误我们这么长的时间。"话音刚落,他又抬头说:"要不你直接给我,我把它摔死算了。"

说话间他就一把抓住了猫的身子,直接把猫夺了过去。

这下把我急坏了,这两个人看上去面相平和,没想到心肠这么歹毒。

正当我想上前把猫抢过来时,那个之前和我说话的、年纪最小的消防员一把扭住了那个中介的胳膊,把他的胳膊扣到了他的后背上,顺手把猫接到了自己手中,说:"兄弟,别这样!"那个中介脸上露出痛苦和惊恐的表情,我猜是消防员弄疼了他。消防队长这时候走了过去,把那人的胳膊从年纪最小的消防员手中放下来,并在他的肩膀上捏了几下,拍了拍他的肩头,说:"这也是一条命,是不是,兄弟。"

那个中介脸上挤出讪笑,说:"我是开玩笑的,开玩笑的。"

好多围观的群众开始鼓掌,还给消防员手中的猫咪拍了照片。随后,那个拿着猫的消防员问我:"放了?"

我说:"放了吧。"

消防员蹲下来,把手松开,小猫从他的手上一跃而下,在地上走了两步,瞬间钻进了花园中。

之后,消防员把刚刚掀开的天花板尽力恢复原状,队长出来对我说任务完成了,他们要回去了,后面的事让我看着解决。

那位喝多了的大爷一直守在门外。他念念叨叨地说:"这猫是从哪里掉进去的?如果是从楼上掉下去的,那也不可能啊,谁家房子有个窟窿还不堵上呢?可能是从楼顶掉下去的,但这个楼道每层都有隔网,从十二层掉到二层,难道所有的隔网都断了?"

我说:"这事情确实很奇怪啊,也没见谁来找猫啊。"

大爷又说:"这个楼道当时不知道为什么这么设计,一直没什么用,真是搞不懂。"

我说:"反正猫是救出来了,这是好事啊。"

当天晚上,我把头伸进砸开的窟窿里往上看了看,能看到的隔网确实都完好无损。到了半夜,楼上夫妻吵架的声音我都能听得清清楚楚，只是没办法判断是哪一层的人家在吵架。为了睡个安静的觉，我找来一床被子暂时把窟窿给塞住了。

第二天，我联系维修工人来修补窟窿，工人只用了一张三合板，抹了墙灰，刷了涂料，就补好了。收费共计一百五十块钱。

离开家乡后，我总觉得自己和世界的关联越来越少，所以进入我人生的每个生命，都是来关照我的。

# 「流浪三雄」

这个故事是狗友们讲给我听的。

我之所以要讲出来,是因为这三条狗的故事就像我们自己的故事。

我们搬到一个新小区后,一天下午,我那条黑白相间的边牧和一条陨石色的边牧,还有一条德牧,突然跟着一条中华田园犬跑了。

陨石色边牧的主人和德牧的主人念叨:"这两条狗今天胆子怎么这么大,也不怕挨揍了,敢去追'流浪三雄'了。"

"流浪三雄"这名字霸气得很,我连忙追问是什么意思。

问完才知道,"流浪三雄"是小区里被"云"养的三条流浪狗，谁家有吃不完的狗粮、剩余的肉干，或是搬家带不走的狗狗零食，都会拿到小区公园的一个地方，放在那里给它们吃。

这三条狗都是中华田园犬，它们中的老大从这个小区刚开发第一期的时候就在这里了，现在小区开发完第二期了，第三期还是一大片空地，空地里有好几座小山，它们就住在里面。因为它们都是公狗，并且都聪明狡猾，小区里的人便把它们称作"流浪三雄"。

"流浪三雄"非常团结，小区里所有的狗都不敢惹它们。它们在外面落单时从来不打架，不是打不过，而是不敢打，它们怕其他狗狗仗人势，所以遇到威胁时第一要务就是逃跑，但遇到那种胆子大、敢追过来的狗，那就是对方自己找罪受了，"流浪三雄"会团结起来给对方一顿揍，把对方治得服服帖帖的。久而久之，小区里的家养狗也就知道了"流浪三雄"的厉害。平时家养狗和它们各自生活，井水不犯河水。

新搬来的狗不知道"流浪三雄"的厉害，总有那么几只初生牛犊不怕虎的狗，去主动找揍。

那天，陨石色的边牧和德牧先垂头丧气地回来了，我的边牧还没有回来，我就去找它，走到半途先看见了它们追的那条流浪狗。按照狗友的描述，我对上了号，它是老三——体型较小，嘴边的毛是黑色的，胆子也小，毛色发白。它看了看我便迅速跑远了，我继续往前找，看见我的边牧正在一个山坡上站着吹风，看到我之后它跑过来向我撒娇。看它这个样子，肯定是被老三给揍了，揍得还不轻。

后来每次在小区里遇到老三，它都会走到岔路口，远远地等着我们先走过去。但我的这条狗心气大，每次都要上去打招呼。我说："你是不是还想挨揍？"它便不再挣狗绳，乖乖继续往前走，不敢去岔路口找揍了。等我们走远一点，老三才回到原来的路上来，继续前行，我每次看到它让路的样子，都觉得这条狗极其可爱。

老三之前不是流浪狗，而是家养狗，但是它的主人对它过分放心，每次都让它自己去院子里遛弯，它不会按电梯，所以每天都在院子里玩一整天，等主人下来接它才能回家。很多人都说它已经具备了做流浪狗的潜质和能力，它和流浪三雄里面的老二就是这么认识并结交上的。主人和老三的关系渐渐疏远，后来搬家去了外地发展，却没有带走老三，老三就留在了小区里，全职做起了流浪狗，这下圆满了。

流浪三雄中的老二是条胖狗,也是最凶的,毛色金黄,体态很好,它打架可厉害着呢。老二是在饭店里长大的,它的主人原来是在街上开馆子的,它和主人住在二楼,白天的时候会趴在饭店门口看人来人往,偶尔去逛逛街,晚上就回家上楼睡觉。它的长相越来越凶,还喜欢汪汪大叫,吓得客人都不敢进去吃饭了,主人便把它关在二楼。它不甘寂寞,每次都要跳窗出去玩。这家饭店专门做建筑工人的生意,一般会跟着工程队走,哪里有工程,它的主人就去哪里开馆子。饭店搬走后,老二便留下来和老大各自生活,互相并不打扰,但那时候觅食很难,直到小区里出现了一位清洁工,大家叫他"张叔"。

张叔喜欢狗,给老二带过几次馒头,还会在给绿植浇水时顺便给它洗澡,老二也喜欢亲近他。

张叔每天都开着车运送垃圾桶,老二就跟在他后面,欢乐得很。张叔有了伴,老二也有了新主人。当时小区的入住率很低,每天也没什么事,张叔和老二每天就在小区里转悠,看看草、闻闻花,小日子过得就像住在庄园里一样舒心。后来老二认识了老三,老三也开始跟在张叔身后。

老大是小区最早的"主人",这片住宅还是一块田地时它就在这里了。小区的隔壁以前是个村子,有不少狗,它们都非常快乐,每天都会出门自己玩,晚上回家睡觉,那时这里还是平房,不像现在高楼林立。

老大的主人是老两口。它原本是由老两口的儿子养的,儿子谈对象之后,对象和老大互相不喜欢,小两口天天因为它吵架,于是老两口就接收了老大。

换主人后,老大的脾气开始变得暴躁,独来独往,其他狗想接近它的时候,它会龇牙吓唬对方,性格越来越孤僻。

老两口相继去世后,老大就在村子附近的这片田地里住下了,没想到这里很快盖起了高楼,它年纪大了,没有其他地方可去,就一直在这个小区里躲着。它有时候能找到吃的,有时候找不到,还摔伤了腿,被人追着打,所以老大现在是个跛子。

张叔看见了老大,就带着老二、老三去给老大喂食,给它丢一些肉。一年下来,老大渐渐对张叔有了信任,也跟在张叔身后在小区里转悠。

所以,我们每天都能看到张叔的身后跟着三条狗。它们不吵不闹,从不去孩子玩耍的地方,也不随地大小便,饿了就去十八号楼那里吃饭、喝水,晚上就回到那块空地上睡觉。老大从来不在小区里闲逛，老二老三溜达的时候它就找没有狗的路走，如果看见有家养狗，它便早早躲开，人多的时候它会躲着不出来。

我经常在下雨天看见它们在小区里嬉闹奔跑，那是它们唯一能放肆玩耍的时候，不用顾忌人，也不用考虑其他狗，只有它们自己。

对了，它们还会带着迷路的狗回家呢。某天，有一条经常自己跑出去玩的灵缇犬跟在老二身后，被路人拍了照片，主人这才找到了它，老二这可是做了"好狗好事"呢。

后来小区来过一条黑白相间的流浪狗，它在小区里住了一个月。宠物群里每天都有人讨论，有人说"流浪三雄"会接受它，也有人说"流浪三雄"不可能接受它。那条新来的流浪狗其实在很努力地和"流浪三雄"建立友谊，每次都跟在它们后面，看着它们从围起来的第三期工程的大门钻进去后才离开，没经过"流浪三雄"的同意它不敢进去。它住在一个地下室的门口，但一个月后它还是走了，没有和"流浪三雄"建立起关系，只能去另寻新家。

小区里有位老头是个老顽童，年纪大了，养了一条柴犬，喜欢看各种探险的影片。有一次，他在地下车库看见一件破衣服，便说有可能是尸体，回家取了钓鱼用的照明灯，就带着柴犬要去探个究竟。从地下车库钻进了第三期的建筑工地里，那里的地下工程已经完工了，但没有做任何标识。他们找不到出口，在里面瞎转悠了几个小时，天黑后转到了小区第三期的地面上。那里没有灯，只有一片片小土坡，根本找不到方向，这时候老三看见了柴犬，便把他们引到了门口，老头和柴犬这才得以回家。

流浪过的宠物都很懂得谦让，谨小慎微。它们知道有家的美好。

"流浪三雄"的命运像极了我们每个人的命运，有老无所依时的无奈，有情感疏离后的离开，有权衡利弊后的选择。我们在社会生活和家庭生活中，也会面对这样的关系。

# 一条边境牧羊犬的三十条侧写

我有一条边牧,大名卡夫卡,小名大宝子,她是个"女孩子"。

0.

这条边牧是狗中的"茶艺"高手,"作精"附体,又作又天真。长相可爱,四肢修长,性格活泼,心机颇重,时不时会反向训练主人。在外面乖巧伶俐,是个优雅的淑女,在家里就撒泼打滚,睡觉还打呼噜。不仅到处撩狗,还到处撩人,动不动就把其他小伙伴的玩具叼回家自己玩,霸道任性,好胜心极强。

1.

每晚九点，不论我在干什么，她总会准时叼着自己的玩具到我面前。我假装没看见，她便把玩具放在我腿上，一直盯着我看，若我还没有反应，她就转身回去换一个玩具叼着跑过来，顶多三次，之后就会把头放在我的腿上，如果我仍旧没回应，她就要发怒了，会一爪子打掉我的手机。

直到她玩累了，把玩具一扔，自己去上个厕所就睡觉了。

她不让我给任何人打电话，我一打电话她就扑过来要拍掉手机。我玩手机超过十分钟，她绝对会扑过来一爪子拍掉手机，然后摁住手机死活不放开。

后来我睡得比她早了，我一关客厅的灯，她便叼着玩具也去卧室了。她每次都会叼着玩具去卧室，以便睡不着的时候玩，但她一躺下就睡着了，玩具从来没派上过用场，尽管这样，她每晚入睡前还是会叼着玩具回卧室。

2.

我心情不好时，她总是能感觉到，她会坐到我身旁，把自己暖呼呼的背贴在我身上。如果这时我仍旧长吁短叹的，她会把头放我的腿上，两只眼睛看着我，眼珠子转来转去，我摸她几下，她才会放心地走开。我说："就安慰这么一下啊？"她便回头看我一眼然后快速离开，好像在说："你个大老爷们儿，咋那么多事？"

每次她午睡醒来后，总是要跑过来让我摸摸她才满意，不摸就不走，好像在确认爱还存在。我有时候应付地摸她一下，她就会嘤嘤地叫，我又摸一下，她还嘤嘤地叫，非要摸够了才行。

3.

她是条特别自信且自我的狗，到家的头一个月，她唯我独尊。让她干什么她都不听，她想干什么就干什么，存在感极强。

到了能洗澡的年纪，一开始时她不喜欢洗澡，为了逃避洗澡，她跳起来用小牙把我手指咬破了，我和她生气，整个下午都没理她。她反而生我的气了，给她牛骨头哄她，她就是不吃。于是，我睡觉去了，醒来后，发现她一口也没碰。这脾气像个刁蛮的女朋友。

她在屋子里溜达时会经过坐在沙发上的我，她装作没看见我，我经过她时也故意不理她，直到晚上睡觉前，我跟她道歉,我说我错了,过来让我摸摸你。她才会过来。我再把骨头给她,她这才吃了。

有段时间我给她牛蹄筋或者其他好吃的东西时,她会叼过来放在我胸膛上趴着啃,后来她吃零食必须拿到沙发上,坐舒服了,慢慢吃,很会享受。有时,她可能在其他地方睡觉睡得正香呢,一听到我吃东西或者拆包裹的声音,她会瞬间出现在我身后。我回头一看,她已经在那儿端端正正地坐好了。

我每次一说:"这东西你不能吃。"她就会离开。如果我不说,她就坐在那里等着,坐姿比平时乖巧很多。

4.

关于出去玩这件事,她总是不依不饶的。一旦我开始换衣服要出门,她就开始一趟一趟地往大门口跑,跑过去又跑回来。这种催人的办法真的特别狠,养她这么长时间了,我每次还是会被她催得袜子都穿不平整。

5.

她四个月大的时候,每天早上六点都会叫我起床,我睡不醒,便闭着眼睛带她出去走走。有时候想凑合一下,走几分钟就想回家,但到了门口,她就是死活不进家门。

七个月大的时候,她叫醒我的方式是直接用爪子拍醒我。

现在她一岁了,早上也不叫我了,就在我床尾走来走去,还会叹气,用这种软暴力叫我起床。我起床晚了,她就会趁我去洗漱的间隙跑到床上,把我的床单、被褥全部掀起来,以示不满。

**6.**

第一次给她吃过鸡蛋黄后,她第二天就开始催我,我没开始煮鸡蛋她就呜呜地"说话",像骂人一样。我煮好了忘记给她剥皮晾凉时,她也要来来回回地催。后来我只好背着她煮鸡蛋,但当她听到磕鸡蛋皮的声音时,瞬间就会出现在我身后。她现在一岁了,我照样给她煮鸡蛋,但她再也不着急了,反倒让我觉得煮鸡蛋再也没乐趣了。

**7.**

我和妻子吵架时,刚开始她会来扒拉我,后来就去扒拉她,看两人都不停嘴,她便不管了,钻到床底下躲清静去了，还睡得直打呼噜，睡一整天才会出来。她情商比我都高，特别会看人脸色，会利用时间让人消气，不上赶着挨骂。

一次，妻子出差半年后才回来，她便不让妻子接近我了，要么就吓唬妻子，要么就自己坐在中间把我们隔开。一旦发现妻子来找我，她便一下子跳过来，先坐到我前面，背靠着我，守着我，似乎在说："你别碰他啊。"

8.

她到家的第一天，妻子把扫地机器人打开让她玩，结果她害怕，直接跳到沙发上，从我背后走过来，把头从我臂弯里埋进去，枕在我的大腿上。她这一吓不要紧，我一下子就被她给俘虏了。

9.

闹了一阵后，如果我说我揍你了啊，她便会气得叹一口气，跳到床上去，瞪着两只眼睛，开始全神贯注地铆足了劲儿刨床单。如果刨完了还不解气，她就会跑到门口去，想开门，要离家出走。

某天我假意吓唬她，假装要揍她，她就趁我看书不注意时跑到床上，在我的手机上尿了一泡，然后躲得远远的。我心说这家伙今天咋这么乖，三个多小时后才发现她早就干完了坏事。

10.

她有自己的床，有自己的窝，还有各种垫子，但就是喜欢去我的床上。她第一次上床是借势跑上去趴了一下，也就停留了一秒吧。第二次是我在看电视，她上来就趴在我脚边，后来她就特别喜欢趴在床上。现在喊她上来，她都不来了。

有次她吃完饭跑到我的床上去侧躺着，还枕着枕头，跟人一样。我过去看了一眼，被逗得发笑，她觉得尴尬了，跑过来闹我，咬着我的手不放。我说："我笑不得啊，你害羞什么啊。"

她被拆穿后就坐在沙发上一动不动。

她的模仿能力很强，我趴在枕头上玩手机时，她也把头伸过来趴着看手机。有次我睡午觉突然感觉手臂很麻，醒来一看，她正枕着我的胳膊睡觉呢，脖子就枕在我的胳膊上。

11.

有一天,她大摇大摆地走在路上,尾巴翘得很高,走路像个兔子一样往前蹦,耳朵呼呼闪闪的,一个小姐姐路过说:"这个小狗太得意了,你看把她嘚瑟的,不知道咋好了,她一定觉得自己特别可爱。"

慢慢地,她也知道了自己长得好看,每次出去散步,和其他狗玩时,总是一副高高在上的样子,得意扬扬的。不论是坐着、站着、趴着,总有路人来摸她、逗她,夸她可爱。

有老太太走很远过来跟我说:"你给她点自由,这么漂亮的狗,干吗牵得那么紧。"

有老大爷骑自行车停下来说:"这狗太好看了,来给我摸摸。"

有人说,这狗瘦了哈,要加餐了。

有人说,这狗得放开跑,骨骼才能发育起来呢。

我真是受够了,遛个狗还要受教育。

12.

一次,有个小姑娘看见她在路边,就跟跟跄跄地走过来要摸她。小姑娘的爸爸对我说:"她刚学会走路,还没摸过狗呢,这是她人生第一次摸狗,让她摸一下吧。"我便让大宝子坐好,那个小姑娘过来就抱住了她,小姑娘笑得别提多甜了,那模样让我也想生个女儿。接着有一群小孩子都想过来摸她,她烦得要命,一直在看我,用眼神向我"求救",我看到她那样子,笑得直不起腰来。

13.

不仅全小区的狗都认识她,连小区里的爱狗人士也都认识她,这家伙在小区里溜达时总有人叫她、夸她,还有几个"粉丝"专门到家里给她送吃的。我每次带着她,一出楼就有好多人大声地叫她,我都不认识那些人,也不知道他们是怎么认识她的。有一次遇到了几个学生,其中一个说:"我们家的狗和一条叫大宝子的狗玩得可好了。"我说:"这就是大宝子。"还有一次一个姐姐说:"哇,这就是大宝子啊,之前我在视频里见过。"还遇到过一个全职妈妈,她说:"我觉得我们家的狗已经是最开心的狗了,但现在我觉得大宝子才是最开心的狗,你看她那个状态,真是开心。"

所以她很喜欢出去玩,在外面她人见人爱,在家里时不时就要挨训。之前住低层的时候,每当有人从我们家阳台这边走过去，只要喊她，她就会站在阳台上回应，汪汪地叫，吵得我睡不好觉。后来搬到了高层，好点了，但她一听见其他狗叫，就喜欢回应。

她时常会坐在窗前看行人，看河面上的飞鸟。看见不好好走路的人，她就会叫几声。看见吵吵闹闹的人，她也会汪汪两声，就像现在的人在看视频时发弹幕一样。

14.

她很早就交了个男朋友，是一条叫猪蹄的柯基。她天天欺负猪蹄，把猪蹄扒拉来扒拉去，每天猪蹄碰到她，玩够了，就会把她送回家来。猪蹄腿短，我们楼里的楼梯陡，猪蹄总是蹭着肚皮爬上来，把她送到家门口，可谓用情至深。她还有三个闺密，两条是柯基，一条是柴犬，这是她最早的社交圈子。

后来她新认识了隔壁小区的一条柴犬，我看见她在那条狗面前装乖、装淑女，她应该是喜欢上那条狗了。她站那里不敢动，也不像在猪蹄面前那么放肆。

后来她知道了猪蹄是条小"渣"狗，小区里的小母狗都被猪蹄撩过，而且猪蹄都会送人家回家。

再后来她认识了一条叫小黑的中华田园犬。小黑每天陪她玩到自己主人都生气了,还不走,围着她各种转圈、表演,还把自己的玩具给她玩。但是她呢,只想玩小黑的玩具,对小黑一点都不上心。后来小黑慢慢对她冷淡了,见了她也不黏着她了,她就在那里站着看小黑远去的身影,沉思了很久,转身夹着尾巴,很沮丧。

某天我们在路边偶然遇到一条苏牧,苏牧的威风刷新了她的审美,于是她就谁也看不上了,天天闹着要出去,就蹲在路边等那条苏牧。等了半个月,还是没碰到。

**15.**

通过她,我认识了一位大爷。大爷之前在北京的一个兵工厂工作,说二环以前还是条河,那时候他跟着厂长去西部开新厂,是开了几天几夜的车去的。他就这样在路边给我讲了两个小时自己的人生。后来我又遇到一对四五十岁的夫妻,他们也喜欢她,跟她玩得都忘记回家了,我们在草坪上坐着,他们也给我讲了自己过往的人生。靠着遛她,我增加了很多个收集素材的渠道。

**16.**

每当我把什么东西摔碎时,她听见了,就会先跑了躲起来,她以为是自己打碎的,因为她之前老打碎东西。

17.

她来到我家里后,只有一个爱好,就是看风景。她会站在窗户边往外看,有时候还用两只后腿站立起来看,一看就是好久好久,不知道心里想什么呢。现在她动不动就会去一个地方自己待着,我发呆醒过神来没看到她就去找她,发现她自己正静静地趴着思考呢。

18.

她在外面每遇到一条狗,都会上前社交一下,小到博美,大到阿拉斯加,她都要认识认识。有时候,看见远处有条狗要过来了,她就趴地上等着,如果对方从其他路口走掉,她便失落地看我一眼。有时会碰到一些脾气大的狗,我对她说:"人家不愿和你玩,快走!"她便会加快脚步,直接走掉。

她第一次走丢是因为跟一条德牧和一条陨石色的边牧一起去追一条流浪狗,结果另外两条狗追到半道回来了,她却死心眼,一直追。我找不到她,大声喊她的名字,找了好远,才看到她正在一个坡的最高处吹风呢。我说:

"你赶紧过来,别在那里摆造型了。"她也知道自己错了,夹着耳朵和尾巴一直走回家。打那以后,她只要跑到看不见我的地方,就不再跑了。

19.

有个阿姨很喜欢她,给她取了个名字叫"无邪"。她说:"她多么天真啊,两只眼睛太亮了,都不知道人间险恶,我都羡慕她了。"

我说:"我也羡慕她。"

20.

她第一次见雪是我带她去河面上的时候。她跑几步就停住了,滑一下,发现雪被掀起来后会留下一道印子,她高兴坏了,一直在玩。

小区里有人用笼子养鸡,放在草坪中间。她第一次见到鸡,围着鸡笼跑了十多圈。有一天她见到两只鸭子,又追着鸭子跑了好久,最后被鸭子吓跑了。她见到猫就趴在地上看,和猫对视两三分钟,不知道心里在盘算什么。

她第一次见到雪人,围着雪人转了三圈才敢靠近,靠近后她嗅了嗅,想咬一口雪人鼻子上的胡萝卜,我朝她喊:"当心雪人生气咬你啊。"她就盯着雪人看,看了好久才走开。

21.

她其实不聪明,在所有边牧中她的智商绝对是偏低的,但她情商高,善于和人沟通。她还会表演高兴或者不高兴的样子来训练我,让我下次按照她的要求这样做或者那样做,"茶艺功夫"了得。

22.

我写作的时候,她一般不会打扰我,但时间过长的话,她就会把两个爪子搭在我胳膊上嘤嘤作怪,摇尾巴,把头放在我手背上。我问她:"你要干什么?"她眼珠子就滴溜溜乱转,坐我旁边不出声,开始睡觉了。

但她有时候会生气,会找一个之前还没拆完的东西,当着我的面一顿狂拆,拆的动静很大,这是在撒气呢。

现在她没事也不拆东西了,但有时候我发现她很焦躁,想给她解压,就给她一个饮料瓶子之类的东西让她拆,她一分钟就能拆完,拆完后情绪也就稳定了。

更多时候,她就在我身后或者脚下乖乖地趴着。

23.

我带她排队的时候,她总是很安静,坐那里定定的,不吵不闹。她不喜欢人多的地方,遇到人群就迅速走过去。下雨天,她闹着要出去时,我把大门打开,假装把她往外推,她死活不迈出门槛一步。我再把大门关上,她便不闹了,开始睡觉了。

24.

她喜欢看音乐好听、画面简洁的电影,注意力能集中半小时左右,那种特别闹腾的电影她看几眼就不看了。有一次,我给她投屏看她小时候的视频,她看了几段就有点不好意思了,走开,又回来接着看,很害羞的样子。

25.

有时,我写作的间隙去卫生间,回来时总会看到她坐在我的位置上,这时候我就要和她商量,让她起来。我说:"我再写一千字就陪你玩啊。"她头一歪,表示没听懂,我说:"等一会儿再陪你玩。"她便挪开,到旁边趴着去了。

26.

她有时候会找个僻静的地方，自己大喊大叫、翻滚跳跃，然后抖抖毛，把自己捯饬整齐了，才安安静静地出来，面带笑容，像一个在工作时偷偷去卫生间哭完再擦干眼泪的职场佳人。


27.

第一次搬家时，我带着她先到了新住处，妻子要过几个月才会搬过来。她以为自己被妻子丢下了，每天就在大门口趴着等，特别失落，一下子瘦了不少。某天，妻子来看她后，她就好了，也不趴在门口等了。对了，她一直都把我当作她的仆人，以为我是给她服务的，比如给她捡东西，添水添食物，还把我当成了玩具，肆无忌惮地逗我玩。


28.

她现在交了很多朋友，有杜宾、恶霸、松狮、阿拉斯加、比特、牛头梗、博美、银狐、秋田、萨摩耶、金毛、柯基、柴犬、斗牛、喜乐蒂，等等。某天我着急回家，想抓她赶紧回去，但是一条杜宾过来拦住我，不让我抓她，我顿时有了一种"女儿长大不由爹"的感觉，而且她的社交能力比我强多了。

29.
她不开心了就会跑过来趴在我身边，侧头看着我。我便一边摸她一边夸她："大宝子真可爱，大宝子真漂亮，大宝子真美，大宝子真乖。"说完这些没什么可说了，我就说："大宝子肚子真鼓，大宝子毛真亮，大宝子腿真长。"她慢慢变得高兴了，就会找玩具叼过来玩，我就会知道她高兴了，对她说："我还忙着呢，你自己玩去吧。"

30.
某天我们去河边玩，她看见夕阳，以为是个玩具，一心想追。她沿着河边跑呀跑，跑到筋疲力尽，看见夕阳还在那里一动不动，于是她喘着气站在河边看夕阳，看了好久好久才回头。她第一次去河里游泳的时候，先下去走了走，试了试水的深浅，然后跳上岸来，把左右两岸都视察了一遍，第二次下去才开始游泳，没游多远就返回了。

# 后记

## 这是从我心尖上
## 揪下来的故事

检视以前的生活,我发现了一些长期存在的错位。比如我身处城市,但十多年来一直适应不了城市的生活;我的职业需要很强的社交能力,而我却懒于口头表达;我一直向往乡村生活,却总在城市苦苦挣扎。

有了微信等社交平台之后,很多人际关系和记忆都被激活。我被拉进了初中三班微信群、高中十一班微信群,但实际上我初中是在二班上的,高中是在十二班上的。造成这种错位的原因是我和同班同学比较疏离,和其他班的同学走得比较近，时间过滤掉了很多没有留下太多痕迹的人和事，留下了值得记住的时刻，就产生了这种错位。

这种错位让我在狰狞的城市生活中重新与两个很重要的老同学建立了联系，他们像两大支柱，在这些年里一直支撑着我和故乡的联系。

其中的一个老同学在农村信用社工作，他每天要开车到各个村镇中去维护POS机客户，于是他要一遍一遍地去熟悉我生活过的那个县，走遍了我连脚尖都没沾过的地方。他用手机记录下乡村一年一年的变化，每周都会给我们发照片，四季不停。我们甚至还翻出了县志和曾经的各类报道，去追溯一个村子、一个镇几十年间的沧桑巨变。另一个老同学生活在天津，他致力于推广家乡失传的各类美食，追寻我们记忆里的味道，让一道道童年美食重新出现在我们的视线中，唤醒了我很多没有头绪的乡愁。在这两个老同学的影响下，我一次次回望着童年。

二零二零年七月，我从供职六年的一家互联网影视公司辞职，第二天起床后便马不停蹄地从北京回到了甘肃老家，急迫得像十多年没有回去过一样。我到家后正好赶上秋收，这是我离家前一直会参与的事情。我每天跟在父母身后，和庄子里的人聊天，努力让他们重新接纳我。

但庄子里曾经的树不见了,小路消失了,房子拆了、院子塌了,学校也不见了,连月色都不一样了,晨阳再也照不到房檐下了……满眼都是陌生的景象。我憋了一口气,像失去了什么,但无法确定。

我一觉睡了十多个小时,起床后站在家门前,写下了一首诗:

**雨伞、杂草和桥**

投入自己的饥饿

投入生活里结实的瓜葛

包括残破和禁止,还有不可复制

理解每一丝疼,重视每一瞬的疲惫

往内里挣

倾倒出顺从

假装的那些乖

或者砍掉的、掩埋了的抗拒

往自私上靠近

把那些无意义的仰慕、爱恋、企图心都杀死

留下毒药和不屑

注意穿不破的袜子与垮了的内裤

烧尽每一根蜡烛

尽可能在太阳走过屋檐时就收起被子

珍视牙齿和黑发

呕吐一样真实

困倦一样放肆

过了一段时间,我在甘肃天水市遇到了一群过马路的羊,它们把我围住,车鸣震耳,羊群依旧岿然不动,长时间待在高楼大厦中的我感受到久违的亲切。晚上我在酒店的露台上打开电脑,想续写一个很久都写不完的小说,突然想起一双双眼睛、一棵棵树、一只只蝴蝶。一时间我脑子里冲出一方结实的"绿岛",然后发现不断给我添水的那个姑娘并不是服务员,而是一位像我一样的归客。她说她好久没回来了,这几天回老家转一转,看我一直在喝水,不断空杯,就顺手给我添了水。

那一夜,我开始动笔,从动植物的角度构建起一部童年史,写了一部西北乡村的挽歌。

这是一批迟到了的故事,我应该在二十岁的时候就把它们写出来,但那个时候我跌在茫茫人海里,根本捡拾不起这些生灵,那时的我比三十多岁的我好奇心强百倍,一心只往前看,从没往后看过。

离开家乡的这些年,在人群刻意制造的热闹最为迷醉的时候,我常常瞬间陷入悲伤,无意直发的那种对虚假的排斥让我苦不堪言,那些表面维护的热闹啊,是多么的脆弱。

在马路上,面对散乱的人流,钻入我脑子里的只有下一个目的地,没有余地去贪恋片刻闲散。

我会在深夜陷入自我矛盾。那些势不可当的、洪流般的情绪,我自知它们源头渊远——那些被万物生灵教化的经历,那些有意无意的生命交汇,如同命运的深洞里回旋而出的一阵阵强劲的烈风,一次次吹到我的心里。

我特别羡慕那些一直在一个地方长大的孩子,他们的生活稳定,被多年的交情围绕,每年回家都有一群好友,暑期、寒假、三十岁、四十岁,直至追悼会上,在短暂相聚后又散落四处,然后又再次相聚,他们的人生有断有续。

而我的交情是飘零的、散的,能回想起的都是分别。

午夜梦回,小学毕业时那个阳光灿烂的下午,班主任刚把我们送出学校,学校大门就被锁上了。我回头看了一眼,镇中心小学在那一刻只能留在记忆里了。初中的毕业典礼是在晚上,出了校门,我看见楼上的灯瞬间全部熄灭。我走在街道上,被街上广告牌的灯光晃了眼,初中就被锁在了我心里,寒冷,干燥。我对高中的最后记忆是校门口挂起的那些条幅,红艳艳的,在欢庆、在祝贺,也在远送,我不喜欢那种远送的感觉,因为那道关上的门把我们都送到了远方,之后的日子就都变了。

所以我只有一块一块的童年交情,越往前追溯,日子反而越完整、清晰。我的交情都来自于一些"物"。

在北京的某天,我睡醒之后,往事哭诉不止,内心的种种潮湿感袭来,我看到过去的一连串无法被定义为正确或错误的童年往事,我决心靠记忆来还原它们。

《浮世画家》里有这样一段话:"不管怎么说,怀着信念所犯的错误,并没有什么可羞愧的。而不愿或不能承认这些错误,才是最丢脸的事。年老之后,当我回顾自己的一生,看到我用毕生的精力去捕捉那个世界独特的美,我相信我会感到心满意足的。没有人能使我相信我是虚度了光阴。"

童年之美,乡村之美,自然之美,对我来说,是血液里最顽固的力量,是它们支撑我面对现在的世界和生活。

小时候,我喜欢待在我家祖坟后面的一片林子里。林子里有一棵古怪的大杏树,据说树苗是我太爷爷从远方挪过来的，他尝过这种树结的果子，说它像蜜一样甜，但这棵树被挪到这里之后的三十年却从未结过果子。树没死，太爷爷死了，爷爷死了。我每天盘坐在树上背课文，发现只要站在那棵树上读两遍课文，我就能背下来了，后来我的爬树技术日渐熟练，能躺在树上睡着而不会摔下来，于是待在树上的时间就更多了。

在树上，我看见从外面回来的人，他们这里看看，那里瞧瞧，走走停停，尤其是站在坟头或地角时的那种定，就像被抽空了魂。他们似乎在寻找什么，看向每一处的每一眼都显得异常深重，脑子似乎里在搜寻某些踪迹。

我不明白这些人的样子为什么如此相似。直到我离开那棵树，离开我的苏庄，离开我的镇子，一溜烟到了三十四岁的时候，每次回到老家我也变成了那个样子。这里瞅瞅，那里摸摸，不明白自己在找什么，不想说话，怕表露什么，但其实什么也没有，只是静静地看，世间万物都不如这土地上的一隅永恒的旧貌引人入胜。

对我们这一代小镇青年来说，"出走"太主流了，太毋庸置疑了，过分正确，藏匿着过于卑微的不解释。我也是出走的人之一，但这么多年了，我还是学不会在出走后怎么生活。

辞职后，我独自一个人生活了一段时间。某天我烧开水把脚烫了，抬头时我脑中突然冒出了"我知道某些事是错的，但总是一寸一寸靠近"这个句子，于是我坐下来敲出了这首诗：

**我知道某些事是错的，但总是一寸一寸靠近**

最近我总紧闭双目，细听头颅里的杂音
仰起脖子，让耳朵只专注向上的方位
它们像阵雨来临前的混战，有刻
脑子里爆破了，是夏日烈阳下地面上的一只空壳
那种遥不可及，是日复一日的损坏
我也曾凄惶地对某人表达过爱意
毫无回音，久久的
就如同我童年在干旱的岁月里探视过的枯井
我知道某些事是错的，但总是一寸一寸靠近
令自己也能伸手抓一把夕阳
墙皮上的空洞，坏掉的温度计
程序错乱的洗衣机，夹到其他书中的腰封
进错了盆的鱼，走错路了的狗

在河边对着美女和儿童大声说动物的谎言

朝远方的城市割舍一些唾弃

大胆地去失望,卸下来很多意义

我在道上散步

月亮都来了,声音都消亡了

你跑到哪里去了

大雨中我走了好久好久

把自己走成了错误

很早之前,我曾经写过一首关于"物"的诗,物在这首诗中具有了神性:

**传说**

爷爷准备好冻结实的井绳

还有缝了细密针边的狗皮袄子

站在场院的大门口滋长开来

手中的打井弯刀向冷硬的天空中一劈

填满冰雪的一冬碎裂开来

左边碎成褴褛

右边碎成棺木


奶奶驼着自己的棉袄,戴着顶针

把所有的繁衍都装到肚兜里,剩下的掖藏到袖袄中

肩头的钮门缝上了线,腰间扎满了加厚的布条

她伸出裹布的小脚踢蹬开来

灌满黄昏的天空瓦解

地上的烟囱开始往上漂泊

地下的老井往下翻新


父亲持守着刨子、矬刀

扛着长凳和木锯,背着墨斗

将一切铆钉的结构都收拾进脑子

带上椽木和横栋的排列组合,站在山头

墨线拉出墨斗,顶头钉扣在山头,墨线一弹

苍老了的河沟开始搬移

一边翻卷出新舍

一边披挂出麦地


母亲捧出摇曳的千彩棉线

拴住两个粗麻花辫,掩住自己的舌

挂起丈长的铁剪,抵住地面

将年轻的往事切除到废墟溏土中

矗立到荆棘树的旁边,将荆棘果挫碎撒出,棉线交错成形

凝结了一整夜的黑暗,被擦抹开来

一抹废墟滚出了红绿

一抹坟茔化成了飞鸟


写"物"很容易陷入抒情之中。汪曾祺老先生在《蒲桥集》中说过,《世说新语》记人事,《水经注》写风景,而他写散文是搂草打兔子捎带脚的。他在自选集中有言:"我的散文大都是记叙文,间发议论,也是夹叙夹议。"并在自选集序言中表示他比较排斥过分的抒情,散文不应该沉溺于抒情。

我在写这些"物"的时候就发现了这个魔咒,所以尽量克制了,做到平实、家常。我不想往天空上写,写得那么高悬。我想写到泥土中,往土地底下写,越接近生命越好,越接近根和脚,以及泥土越好。

乡村凋敝,生命力在逐渐消退,所有的村庄都像沉

默不语静等时间消逝的老人，已经没有了活力。在我的家乡，除了凋零的人口，其余的生命也在减少。牲口也很少了，机械代替了它们，满地都是被遗弃的宠物。我每次回家都能在街上看到被淋湿的猫猫狗狗，它们都夹着尾巴，在这里翻翻、那里找找，它们都是被迁徙到城市的主人遗弃的。

过去的农村，包容力很强，没有一条流浪的宠物，任何一种生命进入一个村庄，都能活下去，并且能找到一个"家"。农村地形复杂，动物们随处都能找到安身之所，到处都有食物，觅食很方便，人和动物之间的关系也很和美。

我上高中时，用一条狗的视角写了流浪的生活，那是一条离家出走的狗，违背了狗不嫌家贫的原则，在城市流浪了几个月后最终又回到了村里。整篇文章充满了童话色彩，写完投稿后我就忘了。几年后在北京的一家报社办事时，遇到了一个和我在一个时间投过稿的作者，闲聊时她说，她看到我的那篇文章和她的作品在同一期杂志上发表了。我说我以为没有发表呢，原来是发了。

可能那时候我就想写写小动物们了，一直到三十五岁这一年，我才决心写出这些故事来。

这是我从心尖上揪下来的故事。童年里的温暖、世界的奇妙、动物们不屈不挠的生存斗争、人和动物年年岁岁的相处、在田野乡间的万物牧歌。

午夜梦回，我经常看见另一个我，每天在村里牵着牲口，早出晚归。

我想，那个我的一生应该还和动物们在一起生活呢，它们陪着我老，我照看着它们活。

最后，谨以此书纪念我那金黄色的、一去不返的童年，以及那无比迷人的纯真。

2022年9月 北京